U0478505

长城断想

谢久忠文学作品选

谢久忠 著

鳴川文集

北京出版集团
北京出版社

图书在版编目（CIP）数据

长城断想：谢久忠文学作品选 / 谢久忠著. — 北京：北京出版社，2021.12
（妫川文集）
ISBN 978-7-200-16729-0

Ⅰ. ①长… Ⅱ. ①谢… Ⅲ. ①诗集—中国—当代②散文集—中国—当代 Ⅳ. ①I217.2

中国版本图书馆CIP数据核字（2021）第260026号

妫川文集
长城断想
谢久忠文学作品选
CHANGCHENG DUANXIANG
谢久忠 著
*
北京出版集团
北京出版社 出版
（北京北三环中路6号）
邮政编码：100120
网 址：www.bph.com.cn
北京出版集团总发行
新华书店经销
北京朝阳印刷厂有限公司印刷
*
787毫米×1092毫米 16开本 18.5印张 253千字
2021年12月第1版 2023年7月第2次印刷
ISBN 978-7-200-16729-0
定价：58.00元
如有印装质量问题，由本社负责调换
质量监督电话：010-58572393

序

飞雪迎春到

2022年，四年一度的冬奥会即将在北京举行，届时大会将上演一场拥抱冰雪的激情盛宴，而最令人感奋的高山滑雪等精彩项目是在延庆境内北京第二高峰海陀山上举行。为迎接冬奥会来临，中国国际文化交流基金会妫川文学发展基金管委会、延庆区作协联手北京出版集团编辑出版了这套大型丛书“妫川文集”，以之作为盛会文化礼品，这是一个非常值得称赞的文化创意。

延庆，古称妫川。28年前，我任北京市副市长的时候主管科技、教育，多次到过延庆，结识了一些文化、科技、教育工作者。特别是1997年兼任北京控股集团有限公司董事局主席时，吸纳八达岭旅游公司加盟北控在香港成功上市，进而收购龙庆峡、开发玉渡山风景区之后，跟延庆的联系就更紧密了。延庆是个被历史文化深深浸润着的地方，缓缓流动着的古老妫水，炎黄阪泉之战的古战场，春秋时期山戎族遗迹，古崖居遗址，饮誉海内外的八达岭长城，厚重的历史人文和钟灵毓秀的山川，滋润着这片土地，也滋润着这里文化的传承和发展。

一转眼快30年了，无论我在北京工作，还是后来到香港工作，我对延庆的文化、科技、教育发展始终投以关注，也相知、相识了一批默默推动文学艺术发展的有志之士。延庆乡土作家孟广臣同志是个代表人物，20世纪50年代曾出席过全国文联代表大会，受到过毛泽东主席和周恩来总理的接见，出版过许多颇有影响的文学作品，他影响和培养了一大批文学爱好者，对当地的文化发展做出了卓越贡献。

而更重要的是，坚持推动地区社会主义文化艺术繁荣发展，一直为延庆区委、区政府所高度重视。据了解，延庆区作协成立较晚，但是最近5年，在党和政府的大力支持下，他们做了许多事情，在对重点作家进行培养、助力文学新人成长方面，打造了一种积极热情的社会氛围。特别是在挖掘弘扬延庆红色文化方面，做出了不俗的成绩。在这里，还要特别提到一位也曾在延庆工作过的乔雨同志，他当时是我们北京控股集团有限公司董事局最年轻的执行董事、八达岭旅游公司董事长，也是中国作家协会会员。乔雨在诗歌、散文、纪实摄影创作方面成绩斐然，先后在伦敦、巴黎举办了“行走中国”个人摄影展。更重要的是，他对延庆当地文学艺术创作的发展，发挥了承前启后的推动作用。

进入21世纪以来，当代文学创作多少受到了经济发展的冲击，延庆也一样。这个时候，在相隔10年的时间里，乔雨先后主编出版了《妫川文学作品精选集》《妫川文学作品精选集（2001—2011》。前一套汇集了1950年至2000年80余位延庆籍作家的260余篇作品，后一套汇集了21世纪前10年的佳作，计有135位延庆作者的500篇作品选入。这两套书的出版，在当地产生了较大的影响，团结和发现了一批文学创作者，激励和调动了他们的创作热情，这些人中的佼佼者先后加入了北京作家协会和中国作家协会，成为当今妫川文学创作的中坚力量。

还有，在乔雨的积极奔走努力下，2018年夏天，中国国际文化交流基金会专门为延庆设立了“妫川文学发展基金”，资助延庆作家出版图书；设立妫川文学奖，每两年评选一次；激励、支持延庆作家和文学爱好者进行文学创作，冲击国内外大型文学奖，从而促进延庆作家创作出具有时代意义和世界眼光的精品力作。这对延庆的文学艺术发展，是一件功在当今、泽及后人的事情。据了解，这个基金成立后作用显著，已经有19位作家正式出版了个人文学专集或获奖。以上这些都为本次大型丛书“妫川文集”的诞生，奠定了坚实而重要的基础。

文学，作为文化重要的表现形式，在德化民风、善润民心方面发挥着不可替代的作用。延庆正是因为有了像孟广臣、乔雨、赵安良、周诠、谢久忠等一大批埋头苦干、默默耕耘者的无私奉献，才推动了妫川文学大发展、大繁荣。

本次编辑出版的“妫川文集”，是对延庆文学创作的一次大检阅和汇总，也是延庆经济和文化共同繁荣发展的一个标志，更是当代延庆文艺工作者留给历史的文学记忆。本文集精选了乔雨、石中元、陈超、华夏、远山、谢久忠、郭东亮、周诠、林遥、张和平、浅黛11位作家的文学作品，以个人单集的形式出版，汇成文集。石中元创作的报告文学《白河之光》，真实再现了“南有红旗渠，北有白河堡”的历史画卷，是记录妫川儿女在那个火红的社会主义建设年代中埋头苦干、默默奉献的群英谱；郭东亮主编的《妫川骄子》涉及古往今来41位延庆籍人物，从侧面反映了延庆的历史发展进程；周诠的《龙关战事》收录了近年来他创作并在《解放军文艺》等期刊发表的5部中篇小说，基本代表妫川小说的水平。“妫川文集”收录的作品包括诗歌、散文、小说、报告文学、摄影作品，大部分都是在全国文学期刊和报纸上发表过的，有不少曾结集出版，其中还包含了许多曾获得过全国奖项的作品。它不仅能够体现一个地区的文学水平，其中有的作品甚而达到了中国当代文坛的艺术水准。

伟大的时代需要创造伟大的业绩，伟大的业绩需要伟大的作品来讴歌和表达。新的历史时期，以习近平同志为核心的党中央高度重视社会主义文艺工作。习近平指出：“文艺是时代前进的号角，最能代表一个时代的风貌，最能引领一个时代的风气，实现‘两个一百年’奋斗目标，实现中华民族伟大复兴的中国梦，文艺的作用不可替代，文艺工作者大有可为。广大文艺工作者要从这样的高度认识文艺的地位和作用，认识自己所担负的历史使命和责任，坚持以人民为中心的创作导向，努力创作更多无愧于时代的优秀作品，弘扬中国精神、凝聚中国力量，鼓舞全国各族人民朝气蓬勃迈向未来。”引导广大文艺工作者，也包括入选本文集的延庆籍的作家们，应充分意识到重任在肩，时不我待，要结合实际，深入生活，扎根人民。为人民书写，为人民立传，为时代放歌，创作出更多无愧于时代的优秀作品，推动社会主义文学艺术繁荣，这不仅是我们的责任，更是我们的光荣使命。

古往今来，包含民族精粹的博大精深的文化和当代的文学艺术，都是推动社会发展进步的重要动力。我深信，这套大型文集的出版，无论是对宣传延庆、展示延庆，提升延庆的知名度和美誉度，还是对延庆文化的传承创新以及经济社会发展，都将产生积极而深远的影响，也为实现首都“四个功能”战略定位贡献一份力量。

是为序。

胡昭广

2021年金秋于北京

注：

胡昭广，北京市原副市长，中关村科技园区第一任主任，（香港）北京控股集团有限公司董事局主席，京泰集团董事长，中国国际文化交流中心顾问。

目录

诗歌

第一辑

与风景和风景人物对话

第二辑

我的村庄与乡野

第三辑

触摸红色肌理

散文

小说

诗歌

第一辑

与风景和风景人物对话

长城断想

一

你是历史吐出的丝吗
长城
盘桓在
北方苍老的额头
在时间的那边
秦始皇的战车
仍奔驰于
他光荣的梦想
胡人
不敢南下而牧马
士不敢弯弓而抱怨
一道人工制造的
坚固咒语

二

一座烽火台
就是一颗凝固的泪
淌自长烟落日的眼圈
至今还在守望
羌笛吹晚
孤城渐闭
一列列雉堞
就是一排排历史残存的

牙齿
仍冲着天空慢慢地咀嚼着
两千岁的风雨
两千岁的骊歌

三

而那些雄性的边塞诗
一直让吹寒的戍角
与金戈铁马
在薄薄的纸上
撞击出战争沉闷的回声
关山很悲壮
戍楼刁斗催老了
一茬茬年轻的月亮
无定河边的白骨
在春闺的梦里发酵
其实飞将军李广射出的
那支利箭
连同孟姜女泪流万里的传说
早已锈死在岁月的深处
只有兀鹰还在上空
寻觅盘旋

四

什么也阻挡不住那个叫历史的
马蹄
披着战甲的辽金元清

如一群群铁色乌鸦
扇动着刀枪闪亮的翅膀
呼啸着从头而越
老令公被传颂的那把万人敌的
金刀
在雁门关上空瘦成
一钩残月
穿着山河破碎的囚服
文天祥吟唱着《过零丁洋》
从遥远的东南海边
一路走到北京
而八达岭长城
在那块把历史压得倾斜的
望京石上
至今还残留着李自成进京时
踏印下的马蹄

五

只有长城
系着日出和日落
惯看沧海桑田翻篇
和斗转星移的重复标点
而把自己挺立成坚硬的
书脊
用砖石厚重的页码
悉心地收拾和装订
每一次朝代更迭的章节

兴衰际遇的段落
与生民繁衍生息琐碎的
语句
把一部万页之长的民族史册
留与后人阅读

六

一条记忆伤痕
一道文化风景
长城
长城

永定河，我北京的母亲河

永定河
我北京的母亲河

在我胸中涌动的万千条河流中
你是我血缘关系至亲至近的河
我的与黄河同为孪生姊妹的河
我的山顶洞人在岸边汲水濯足的河
我的流动黄帝神明血胤的河
我的郁郁王气渐而东输的河
我的漂来青黄蓝白宗教文化的河
我的北京繁衍生息涌动的脉搏

你苍老的额头上顶着长城沉重的皱纹
穿越了燕山坚硬的思想和沉默
把逝者如斯一闪而过的光阴记忆
在峡谷嶙峋的崖壁上雕刻
你是西山古道攀肩附耳相伴相随的情人
让浪花雕塑出船工悠长的号子
让马蹄迸溅出岁月深远的流火
你汹涌咆哮跌宕起伏如性格暴躁的父亲
你九曲回肠清波荡漾如善良温婉的母亲
你夹岸挥写一首首高低错落的茅檐低小
你精心填出一阕阕平仄押韵
爨底下的古典村落

让日子在你昼夜不止的涛声中怀孕
让古幡乐和秧歌戏演奏生民世代的岁月长歌

你泥沙俱下铿铿锵锵的金戈铁马
你奔流涌动朝代更迭的日出和日落
你把偏安一隅总角垂髫的燕都
养育成辽金大元和明清的气魄
让紫禁城举起太和殿凌空的飞檐
让北海白塔挺立出异域的风格
中南海是你脉脉柔情的一瞥
也是你赠予现代的华贵眼波
还有关汉卿在河边为窦娥的
千古一吼
马致远断肠人在天涯秋思的萧瑟
曹雪芹用河水塑造了红楼梦女性的骨肉
纳兰性德人生若只初相见的缠绵和悱恻
一把京胡拉动满河星辉般的京腔京韵
天桥五味杂陈的市井喧嚣
和胡同里川流不息的骆驼祥子的人力车

涛落波起　风云掠过
你翻卷过多少内忧外患的命运旋涡
当我把手插入你腹腔的深处
圆明园的余烬烫伤了我年轻的经络
一九三七年的弹片
至今仍深深地嵌在卢沟桥汉白玉的骨骼
每到季节变换或阴晴不定的时日

都会疼得彻夜不眠辗转反侧
当无情的掠夺榨干了你最后一滴血脉
当源头和沿岸瘦成残山剩水的传说
当浪花凝固成石头死亡的语言
当渔歌痛苦地摔死在岸边的草窝
你就是一首唱不出曲调时断时续的悲歌

在我胸中涌动的万千条河流中
你是我血缘关系至亲至近的河
我的康熙大帝御赐名号的河
我的一出三家店就奔流到海不复回的河
我的寻回远古记忆立时就返老还童的河
当永定楼成为你精致的古典名片
当艺术长廊把你曾经的命运高度浓缩
当休闲森林公园成为你时代标志的装束
在那尊母亲雕像宽容而深情的注视中
北京——正从国际大都市光芒四射的
T型台上昂首走过

永定河
我北京的母亲河

海陀山

海陀山，你是大洪水的神话
消退后
抛在塞外陆地上的一枚贝壳
你是身边众山之上的王者
你把无法推算出的年龄的种子
播入天空倒映的云地
每天都能最早地收割处女的阳光
用足尖跳跃而出的第一茬金色的
舞蹈
还有一年三季用冰雪搭建的
洁白民谣
原生的树木和花草们是你更换的
衣裳

你曾把宽大的衣襟
用风抖开
铺成妫川辽阔的原野
种植出炎黄阪泉之战
民族融合的第一次激烈碰撞
还有山戎族子民
燃起春秋时代渔猎的炊烟
和古崖洞居睁开的
唐人幽深的眼睛
叛逆的妫水

篡改了天下河流语言的手势
至今还在讲述着自己个性的
张扬
农具和马蹄在你的胸前
争来夺去
一遍遍地深耕细作
在没有布谷鸟歌唱的季节
撒下用鲜血浸泡过箭簇的种子
把寡妇们的眼泪当成
雨季来临
在土地上长出比庄稼更茂盛的
一丛丛带有营屯司堡冷色字眼的
村庄名字
让它们成为朝代过渡的
注脚

是在什么时间
你把镀了国际釉色的八达岭长城
悬挂成自己胸前的项链?
在你古老而年轻的视线中
时间又刺绣出许多城镇和乡村的
现代童话
那妖娆无比的生息风景
还有高速和高铁声音的速度
你就是站在李叔同歌曲里
被传唱着的那座长城山外山

当奥林匹亚山上的女神
把冬奥皇冠上用冰雪制作的
钻石
庄重地镶嵌在你粗犷的额头
阿尔卑斯雪山
隔着重洋
向你投送来晶莹的妒羡
早就整装待发的2022冬天
站在滑雪板上
把白云的雪仗夹在腋下
带着你和这片土地已绽开新绿的
光荣与梦想
头盔擦响风的流速
从你抒情诗般优扬婉转的雪道上
滑进
五大洲的眼眸

海陀山主峰海拔2241米，为北京第二高峰，在延庆境内，2022冬奥高山滑雪比赛场所；延庆自古为草原和农耕民族争夺的古战场，村庄名字后多加营、屯、司、堡等字样；妫水，延庆境内一条古老的河流，自东向西逆向流动。

给谭嗣同

大清的马蹄袖
在故宫的金砖上已快跑到
王朝的终点了
可慈禧还在权力朱红的蛋壳里
用签批剔除
塞进牙缝里的光绪

那幕改良主义的短剧
还没唱到高潮
主要演员康有为
就坐着内部消息的独木舟
匆忙地漂洋过海了
梁启超也借故卸装
拐进历史慌乱的街巷
只有你
是卡在大清喉咙里的一根坚硬的
湘江鱼刺
为这台剧的谢幕拔出一个尖锐的
高音
并且念了一句至今还再流传的道白
“我自横刀向天笑
去留肝胆两昆仑”
就在北京浏阳会馆门前
你站成中华奇男子的风景

等待着让自己的血
汩汩地流出
一个国之昌盛的黎明

从京师大牢到菜市口
其实并不遥远
但承载着一颗沉重的
民族良心
那辆辚辚的囚车
硬是把大清平坦的帝都
碾压得坑坑洼洼
那群鸭一样的看客们
从鲁迅的小说里伸出了
脖子
定格成国民精神的特写
你和囚车就停在了那里
停在一个古老帝国和年轻的
外部世界
失之交臂的岔路口上

刽子手的钢刀
砍伤了大清国脉的尾部
让活了两千多岁重病缠身的
封建社会
打了一个弥留之际的
冷战
受到惊吓的历史

流产了戊戌变法
一个怀孕刚过百天的
畸形胎儿

潼关

长城上的烽火
用狼的脚步快速地奔跑在
晋陕豫三省交叉的嗓子眼里
潼关
关中永不生锈的东大门
用战争隆起的一个巨大喉结
蠕动在
历史最细薄的部位

粗壮的黄河捆扎不住
刀枪的咒语
悬挂在秦岭枝头的那枚
帝都的果子上面
涂满了权力诱人的光辉

在这里
从线装的时间里流出的血
把枯瘦如柴的古道
和肋骨嶙峋的山地
与河滩
浇灌成沃土良田
种植着男人们不断膨胀的
西望长安的野心
发疯般地长出轮番换季的

朝代
但秦汉的经行处
很快就宫阙万间都做了土
兴百姓苦
亡也百姓苦
最后都让张养浩放牧在
他那首《山坡羊·潼关怀古》的
散曲里了
不是季节真实的回望
谁还在舔吮残阳的伤口？

山风拧动古战场破损的
褴褛
甩一甩挂在长城的晾杆上
未挤干的余血
顺着风陵渡的手势
滴进黄河柔软的腹部
把一个千古潼关的
兴衰往事
发育成一河九曲十八弯的
传说

给杨玉环

唐玄宗
一直就躲在那首《长恨歌》里
暗自流了一千多年的泪
只要汉字不死
他就会泪流不止

前后施过两茬皇家雨露
才种活的那株杨玉环
插图在大唐的封面上
你只一回眸
就让后宫三千粉黛
变成了小孩子的胡乱涂鸦
并绝育了女性生儿子的
念想

曾经的大唐江山
与你
被唐玄宗攥在手里
揉出了锃明油亮的
包浆
和朝野内外不断发酵的逸闻
文人笔尖上
疯狂生长的意象

华清池
是皇帝端着的一个特制澡盆
把你洗成一粒白色的
春药
让男人们的夜服下
整宿都在做睁着眼的
红楼梦
君王的早晨
从此自中午开始

你甩动的舞袖
如刀
把整个朝廷剐得面目全非
所有的官方文书
都排队等在竖排版的汉字中
发芽
急得满头是汗的军国大事
被套在那只丰腴的玉环里
而动弹不得
在天下无数条驿路上
仅有一骑驮着你
绝版的笑
从天边奔驰而来
踏起漫天红尘
直到渔阳鼙鼓传来的
一声金属的咳嗽

马嵬坡
是唐朝多年重症的一次
致命发作
却把你包装成红颜祸水的
病因
而吊死在千乘万骑西南行的
那缕烟尘上
至于七月七日长生殿的
夜半私语
和仙境重逢的意淫
都是白居易用笔给缝制的
表情包

流着泪的长恨歌
你的泪比那个负心汉
流得更多
你流过妲己褒姒西施的泪
在许多朝代的面颊上
至今还能寻出
一道道深刻的痕迹

苏州印象

胸前别几枚古典小桥
撑乌篷船
划出几条清清的街道
输送情感的苏州

打一柄油纸伞
摆动流水般腰肢
在悠长悠长的雨巷
走成一首丁香味朦胧诗的
苏州
穿着绢织的裙子上
绣满
一片又一片园林
小巧却不媚俗的苏州
犹抱琵琶半遮面
弹奏
江南三月草长莺飞
外地人听不懂却不肯离去的
苏州
刮一阵小风
就会打一个美丽的冷战
之后
仍照影于清波的苏州
让人穿越白居易的七里山塘

重回现实恍惚如梦的苏州

苏州……

苏州……

西湖断桥

断桥未断
断的是一个美丽的悬念

那个盛传着的伤感故事
让苏轼写成了诗
用通栏标题
发表在西湖的版面上
诗眼
就是那把很杭州味的伞

船家的橹声很欸乃
而我的思绪很古典
直到咀嚼南屏晚钟撞击出的
暮色
天色仍晴得如法海的光头

且留一缕惆怅
等候西子湖畔下一个细雨绵绵

进入石林

进入石林
你为了寻找阿诗玛的歌
叮当的马铃
回荡于九曲岩林

刚刚离去　她们
穿着美丽的神话

把一个迷离的背影
留给你
留给他
距离永远产生美

崖间的花在招摇
那是阿诗玛的头饰吗
隆起的岩石
赤裸一腔阳刚
那是阿黑的臂膊吗

进入石林
你就成了传说中的情节
女人只想做阿诗玛
男人只想做阿黑

最苦了导游

讲了许多许多

谁也没听清的画外音

巫山十二峰

巫山十二峰
十二根修长的艺术手指
轻拢慢捻地弹奏
三峡被惊涛绷紧的琴弦

你轻轻一拢
李白的那只轻舟如一枚音符
眨眼之间就飞过了万重山
永远地泊在唐诗里了
余韵袅袅
杜工部用七律凿成的方舟
很稳重地驶入风急天高的意境
也进入了你歌的行板

而你慢慢捻动
白帝城
是三国一个低沉的音部
如泣如诉
上千年揉出一个高音
三峡大坝
震撼灵魂的交响
但它已不是线装的乐谱了

巫山十二峰
十二根修长的艺术手指

三峡望夫石

剔除
所有浪漫的情节
一个与石头同龄的寡妇
用凄楚的泪凝成
一座永恒的伫望

望断脚下千帆
望断重复的斜阳
江上船工的号子有多长
你女性柔情的视线
就有多长

许多用眼泪酿造的传说
被风浪磨来滚去
直到把江水
磨滚得恰如你恒久等待的
一腔柔情

在你与江面之间留下的
空白
又能填写多少
关于望夫石的记忆

兰亭

沿着你遒劲的笔画
我走入
东晋那个暮春的
上午或下午

和畅的惠风
把一丛丛竹子
吹削成
一支支精致的狼毫

你的鹅池并不深
但竟看不透那墨香了
上千年的底蕴
与你深处墨境
却精神如绢的清白

只那道流过觞的曲水
用文白相杂的语言
向我讲述
你挥作《兰亭序》时的
潇洒如虹
和天地屏神静气的
瞬间

走出兰亭

双脚压着你书法的撇捺

我带回

一个行草人字的碑帖

在禹王陵

会稽山阴
我阅读那页没有文字的
传说

大水莽撞而来如兽
从部落里
升起的那缕年轻的炊烟
还没来得及与天空告别
就被淹得游丝粼粼

刚刚学步的历史
双脚就被泡软了
两腮间
渐渐长出了鱼们的鳍

于是，你从高高的帝位上
走下来
三过家门而不入
牵着不驯服的水
用赤裸的双腿
走出人类最壮丽的神话

从此，九州之上
丰茂的谷禾长出

一代代金黄而丰硕的
颂词

我是那滴朝圣的热泪
流浪了太久
最终落在
你雕像手里那柄被累得
很瘦的锹上

咸亨酒店

咸亨酒店的装扮
仍如当年的模样
瘦瘠的胸前
别着一枚曲尺形的柜台

站在桌边
你就站在了一种幽默的
黑色意境里

捏一颗茴香豆
仿佛指甲一下就长了
里面且存
一弯辛亥时月牙般的
泥垢
只可惜身上穿的却不是
一件旧长衫

待饮干一碗老黄酒
才蓦然发现
碗底竟沉淀了
那位黑须如野草般先生的
眼泪……

杜甫草堂

沿着一条押韵的古道
我来寻觅
你
那平平仄仄的脚印

你的铜像
竟被忧患黎庶的情思
炙熬得清瘦了
瘦如文人坚韧的精神
唐代那场秋风
旋转着一束束茅草
刮过了一千多年
如麻的雨脚
踏湿了
半部二十四史

而今　穿越遥远的时间
在你扶杖的叹息声里
我捡起一根金色的情感
放在天平上
让一些现代包装的
灵魂
顿时失去了
重量

昭君墓

漂亮的你
被粗手大脚的汉王朝
捻成
一枚精致的绣花针

让骆驼驮着
你和汉文化的嫁妆
在凄迷的风雪中
踩响了胡笳十八拍
一路向北　向北

在敕勒歌苍凉的声韵里
在北方的穹庐下
借着马头琴拉出的晨曦
和牛粪火把夕阳煮成奶茶的间歇
你用自己细密地缝合了
那道流淌了数代鲜血的
民族创伤

那扯不断的线缕
是你对故国扯不断的
绵绵思念吗
而最后在大青山下
你狠狠地把自己

打成了
一个无比美丽的死结
独留青冢向黄昏

潭柘寺拾叶

石径
一行平平仄仄的古诗句
被一双双脚
反复阅读着
去寻觅幽深如井的
关于佛的意境

上千年的柘树
如老僧
用片状的谶语
昭示坐化之后的
某种玄机

当走出禅房的深处
全身上下竟然落满了
浓阴般的禅味
和朱红色的木鱼声声

想等待羽化成仙
却冷不丁
被墙外小贩一声肥皂味的
叫卖
给搓洗得干干净净

在沈园

沈园
一块永远结不了痂的
爱情伤口
贴着城市公园的创可贴
怕人寻问

它是在南宋时
被那把祖传的钝刀给扎伤的
从陆游和唐婉的血里
流出
一唱一和两股《钗头凤》
赊与后人谁饮了
谁都会醉得满面流泪

铁马冰河的梦
化作伤心桥下一泓春波
但后来上面却长满了老年斑
惊鸿怎么再来照影？

而现代医学
仍无法将它彻底缝合
至今还从时间的缝隙里
滴沥着鲜红的错，错，错
与难，难，难

岳王庙

在风波亭上
演出的那折著名的悲剧
让本来就仅存半条命的
大宋江山
又彻底做了一次切除手术

在西子湖畔
岳飞用生命砌起了
一座铿锵的《满江红》
在时间的背面
仍不舍昼夜地仰天长啸
和壮怀激烈
但他驾驶的那辆长车
却永久地停在了
一首词牌里了

许多年之后
病态的南宋才抚胸咳出
四个跪铁人
像四块凝固的浓痰
被反绑双手
俯首低头
永久地跪在耻辱和谢罪的
缝隙之间

承受来自后世子孙的
责骂和唾弃

一折老掉牙的戏码
被历史重复地表演着
让一代代轮换的观众
闭着眼地愤怒
或流泪

为摄影家乔雨《天涯只履》摄影作品选配诗（十首）

中国

用长城坚实的臂膀
划动
一部青铜色神话
在黄河上呐喊
沿着
二十四史线装的航道
龙的图腾
——激扬的风帆
行驶了
厚厚的五千年

美国

太平洋的波涛
被自由的风
雕塑成
流动的彩虹
哥伦布光荣的梦想
静静地
泊在
新大陆蓝色眼眸……

德国

莱茵河
——德意志蓝色的畅想
一座座古城堡
是一篇篇凝固的乐章
注释着
往日的辉煌
只有海涅
乘坐着那管鹅毛笔
永远把年轻唱向远方

法国

法兰西
世界上高贵而优雅的绅士
身着黑色燕尾服
悠远与雍容
宁静与喧嚣
在流光四溢的舞会
在静如处子的乡村
一边品着葡萄酒
一边怀念拿破仑

韩国

战争的刀锋
在秀丽的江山上
划出一道三十八度的伤痕
每一度都是血肉撕开的

痛苦
但正如两棵邻近的树
虽然各自都朝向自己的
天空
而看不见的或许是
泥土深处的根脉纠缠

荷兰

在透明的蔚蓝中
小木屋是背景
乡村少女
转动着
梦幻般的风车
纺织着围海大堤
一条长长的历史之线
荷兰——
别在欧洲衣襟上的
一枝黑郁金香

墨西哥

高原之子
太阳神阿波罗的故乡
赤褐色的岩壁
是汉子们隆起的肌肉
不驯服的性格
是到处丛生着的仙人掌
一声呼哨

从阳光深处蹿出骑士
独特的帽子
独特的枪

日本

被拉网小调牵着的岛国
被亭亭白桦摇曳着的岛国
富士积雪
让凝固的月亮在云影下轻轻
划过
扶桑之夜呵
多么静谧，多么柔和
一阵阵木屐声
响过来又响过去
樱花树下
少女在为谁唱歌

比利时

不押平仄
用花岗岩砌成的诗
句子很硬
在欧洲的诗集中
属于一首精美的
绝句

俄罗斯

脚踩欧亚两块滑雪板

在冰雪冗长的童话里滑行
寒冷用比高温更可怕的
温度
把意志锻打成坚硬的钢铁
与白桦树一起闪光

站在俄罗斯的远方
望见的仍还是远方的俄罗斯
疲倦的目光
便植入北极熊的卵巢
分娩出整个版图的慵懒
还有风格多样的教堂钟声
撞击出的混血文化

坐在壁炉猩红的舌尖上
就着酸黄瓜
喝着伏特加
让普希金的诗歌
流成窗外节奏缓慢的涅瓦河

轩亭口

秋风秋雨愁煞人

——秋瑾

那天你起得太早
天正浓黑得入木三分
当时许多须眉男子
还都扯着很封建调门的
呼噜

而你却大步走向轩亭口
用双脚
丈量着到天亮的距离
你背后　鉴湖
打了一个悲壮的冷战

当你那颗美丽的头颅
如陨石
轰然坠地
用辫梢系着的大清帝国
被震动得荡起了
恐怖的秋千

轩亭口
从此为鉴湖女侠

长出了第一座雄壮的
纪念碑

恰好与你同乡
有个叫鲁迅的文人
站在高处
用那双惯于长夜的眼睛
勾勒下了那个场面
并把你的血
制成了一副《药》
去医治国民患了上千年的
麻木

在司马迁陵园沉思

沿着先秦文史的下游
捧着你《报任安书》的自白
我走进了
幽深的汉朝
线装的汉朝
那个险些把国史文脉
也给一刀阉掉的
粗犷蛮横的大汉王朝

在流泪的烛光下
我看到
你披散着头发
嘴角紧抿着一个男人的
奇耻大辱
正伏在案几上
用一片片的竹简
翻动和梳理
自黄帝到汉武的
那团遥远的历史乱麻
没有头绪
没有脉络
更没有时间的起始

你把青年游历时

那些沾着脚印的记忆
一页页翻出来
在禹门口黄河探头的地方
在殷商牧野的古战场
在周文王演绎八卦的羑里
在孔子故乡曲阜
在大铁椎差点砸折秦朝脊梁的
博浪沙
你那部皇皇巨著的初稿
其实早已起草在
大半个中国的版面上

在你挥动的墨迹中
神的天空正在渐渐倾斜
人创造的历史
你要把它还给人
于是你用寂寞的热血
拌着寂寞的眼泪
复活了在历史的河床中
那些已干枯的王朝
让那些抽象如符号般的人物
从时间的断层深处
悲欢离合地走出来

你给黄发垂髫的历史
披上一件印着精美图案的
衣裳

一部千古之绝唱的《史记》
在华夏万古如长夜的
文史长河之上
第一次矗起了时间的坐标

从此我们都清晰地知道了
自己从哪里来
又要到哪里去
活成了你笔下未来清醒的章节

端午抒怀
——遥祭屈原

站在楚国将被战火焚烧的堤岸上
你孤身一跃
溅射的水花打湿了历史的序章
让华夏大地上每一条河流都盈满了
惊颤的泪光
从此，一个普通的农历五月的日子
被一片片青葱的芦叶仔细地包起
庄严地走进一个民族传统节日的排行
——它就叫五月端阳

在这个日子里
艾草和芦叶、香芷和汀兰都成了
一种怀思的意象
在汨罗，在潇湘
在南方，在北方
在所有流淌着楚辞的地方
龙舟竞发
鼓点铿锵
中华那激越的船工号子里
又增添了几许韵调的悲壮
两千多个的同一天人们在不断地
重复什么？
是追赶一个消失在历史深处的背影

还是对你那骇世惊俗之举感佩的释放？

而你就站在那里，遗世而独立
一个峨冠博带、带剑长吟的孤傲形象
行吟泽畔，信手拈来的每一枝菖蒲
都是一首忧国忧民的璀璨华章
举世皆浊，你为什么独清？
举世皆醉，你为什么独醒？
大厦将倾，你为什么独支？
为了这答案
人们一直在不懈地打捞
你的《橘颂》、《天问》、《九歌》和《九章》

其实，我是最早划船追赶你的一名桨手
穿越了太久远的光尘
划透了无数的河流与一层层的端阳
我，已老成了沧桑岁月
但你却永远在我可望而不可及的远方
掬一捧清凉的端阳之水
我终于顿悟：
神圣只能景仰，而无法企及
你就是我们民族文化永远不死的
灵魂之光

大槐树，永远的乡土符号

问我祖先在何处
山西洪洞大槐树
祖先的名字叫什么
大槐树下老鸹窝

——民谣

一首遥远的民谣
一首流泪的民谣
不断发酵着太沉重的乡愁
在一代代人的血脉中
悄然流淌了数百年

大槐树
你是一个村庄的名字
明初史籍上疾走的秋风
在这里刮起了数年移民的烟尘
一队队黄土地的烟尘
辐射四面八方的烟尘
在老鸹阵阵的哀鸣声中
一步一回头
一步三回头
被泪水撕碎的视线里
什么都模糊了
只有大槐树高举着的

那团黑黑的老鸹窝
被无限放大
即使走到天边蓦然回首
也还是那化不开的一团
在漂泊的心头孵化着
对故乡越来越远的温暖思念

大槐树的根须
在地表看不见的泥土深处
疯狂地滋生蔓延
它用坚韧的经脉
重新勾勒了
生民繁衍生息的版图
甚至延伸到海外
在远离大槐树的许多地方
大槐树就生长在
一茬茬花白的传说里
一茬茬临终颤抖的嘱托里
老鸹窝
是必须被提到的细节

当年于右任在海的那边
曾经长歌当哭
“葬我于高山之上兮
望我故乡
故乡不可见兮
永不能忘”

最后把自己哭成了
那首著名的《望故乡》
一尊流着泪的诗歌雕塑
但最终没能望见大槐树上的
老鸹窝
余光中精心打造的那块
四方乡愁
早就邮寄出来了
很多年之后才被收到

而今在大槐树下的
寻根祭祖园里
在密密麻麻族系的图谱中
你找到了自己的姓氏
和祖先最原始的心跳
就像长江和黄河在青海发现了
属于自己的泉眼
你找到了自己从哪里来的
生命源头
于是庄重地点燃一炷心香
是薪火相传的祈祷
是叶对根的诉说

从这片苍莽的乡土之上
传来悠远的歌吟
问我家乡在何处
山西洪洞大槐树

第二辑

我的村庄与乡野

父亲与土地

父亲骄傲于拉耧
他说自己的姿势拓印了
祖父的姿势

肩胛上的套绳
绷紧了
一个最根本的季节
与土地
保持四十五度夹角
被踩疼的泥土尖叫着
从他的脚趾缝盛开
黑色的花朵
叮叮当当　耧铃
父亲生命最辉煌时刻的
钟摆　聆听种子入土
他仿佛听到当初
把我种入母亲的田野
那纯金的旋律
欢悦的阳光如泛滥的
春水　冲过了他干涸了
一个冬季的皱纹
哗哗地流淌

父亲并不知道

伏尔加河上的纤夫早已走入
那幅名画　他
只骄傲于自己拉耧的
姿势　我种植人类生存的
父亲啊

农家的暮

当女人捏起那枚夕阳
磕破在
西山的锅沿上
女人自己也被磕破了
流淌出　农家
琥珀色的黄昏

炊烟
一缕缕乳白的呼唤
被树梢给剽窃了　结出
一团团宁静的意绪
远山　在狗的眼睛深处
沉淀

纷纷挣脱出田野的
绿网眼　一株株白杨般的
身躯　被剪辑成
镀光的剪影
贴在天与地拉开的背景上
庄稼们的掌叶托举出
汗水凝固的珠贝

坐在自家门前
点上一锅旱烟

让所有的汗毛眼吐出
咸涩的疲惫
心灵的净土上
长出一片松软的惬意

石匠

在山里　石匠
如蚕

爬上一片片岩石的桑叶
弓弦般的身影
便起伏成
一种生命沉重的历程
淬火的嘴巴艰难地
啄食
那火花和石屑迸溅的日子
头上落满了白色的岁月

石匠吐出的丝缕
织就了远方城市的梦
织就所有需要石头的
空白
但最后一幢漂亮如茧的
石头房屋
一定属于石匠　而他
却老成蛹了

在山里　石匠
如蚕

孤独的牧牛人

走进山谷
你便走进一只古陶罐了
阳光　自上而下射入
如传说中的林妖
扑朔迷离

时间
锈死了风的流动

长满苔藓的石头上
风化的年轮　如蛇
爬上心壁　无声地
刀刻般蜿蜒
于是你忍不住
去烦琐地细心注释

牛的眼睛
把悠长的岁月
竟然浓缩成一滴泪
从苍茫的瞳眸深处
滚落嘴角
与青草一起
被反复地咀嚼
直至结出几朵白色的寂寞

回首山外
许多记忆都成了
另一个世界的风景
而你已成了贴在罐壁上
一个彩绘的形象

倾听水罐

拎着水罐
从田埂上走来　母亲
把自己走成了
一帧优美的乡村风景

罐中之水
一汪最清凉的心事
在颠簸地吟唱
由甜变咸的过程
与夏之唇欢快地啜饮

所有庄稼的孩子们
都在用翠绿的手掌扯拽
她的衣裳
而她的目光却潜入
季节深处
去追踪那顶游向远处的
草帽

那是土地盛开的
一朵黄金色的呼吸

祖父的烟袋

祖父的铜杆烟袋
是一管吹奏农事桑麻的
竖笛
尽管他是地道的乐盲

每年从季节的树上
打下叶子
被汗水炮制后晒干
再揉搓成金黄细碎的
音符
摁入那只锃亮的
笛孔

坐在田间地头
凑近太阳点火
在那种古老而单调的旋律里
受启示的田野
便无声地涨潮受孕

最是秋夜在自家门前的
青石台阶上
等待分娩的土地就融入
一片如水的月色

白发的祖母在回忆中
年轻如少妇
我一个童稚的梦
变成了萤火虫
就贴在秋天丰腴的双眼皮上
彻夜闪烁

六月素描

一个成熟的季节
被杏树枝头摇落
坠入麦海
荡开了一圈圈草帽的
涟漪
与礁石般裸露的
脊背

固体般的黑夜
被蘸着汗水磨成
一弯锃亮的弦月
镰刀
就像饥饿的鱼群
泼刺刺地游向远方
一丛丛穗状的波浪
在视线里落潮

南风兜起透明的衣襟
在远远的后面跟着
捡拾着
麦粒般的汗珠
破译咸涩的艰辛

入夜

每一个湿漉漉的梦

都如沉重的锚

泊入土地

深不见底的海

夜雨

从杜甫的那支笔里
飘飘洒落
被风翻译成一种轻柔
潜入夜的深处

土地敞开心扉
感受湿润的亲吻
起伏的山峦如饱满的
情绪
在那一刻
所有褐色的梦
都抽出了细细的嫩芽

黎明酝酿的薄雾
一张悬挂起的白帆
村庄变成了船只
沿夜雨催生的航道
让季节牵动着
缓缓地启碇

深入七月

古风刮来《诗经》里的
流火
深入七月
一直深入到墨绿色的
农业内部

所有农人都变成了水手
用锄头划动身躯　划动
脚下　永不漂移的
土地
宽阔的脊背上
被锋利的叶片　刻出
血红的坐标
顺着地垄泼剌剌地游向
远方

深入七月的滋味
并不亚于执着的桑提亚哥
划动海明威深蓝色的
思维　去追撵那条受伤的
马哈鱼　总想喊几句号子
声音的羽毛
却飘不出
那遮天蔽日的青纱帐

若不是来自泥土深处的
祖先那紫色的召唤
许多人
都会被庄稼淹死

爬出那一根根航道般的
地垄
若干年后　我在
钢筋和水泥的思想里
翻拣出一粒粒已经发黄的
日子　放在嘴里
还总能咀嚼出
当年太阳的辣味
和月亮落汗后的咸涩

在桑葚熟了的季节

在桑葚熟了的季节
黄鹂鸟的歌声
把山野啼成一片紫红的
梦想

在桑葚熟了的季节
我的小村
就在桑树梢梢间
吊着南风
打着甜蜜的秋千

在桑葚熟了的季节
孩子们的心思
总能印出一片霞光
有许多背草筐的身影
忽闪在沟谷
在山岗

总有许多闲下的镰刀
在草丛里
睡成一弯幽光

采药人

用游丝般的鸟道
拴住生命
如耳坠
在悬崖的面颊间
悠荡
一个沉重的悬念

手指抠出的痕迹
被岩鹰衔去
留作雏鸟飞翔的教材
一粒粒脚印的种子
让风传播
很快就长出了许多白云

采药人
更多的时候会死在
自己创作的惊险故事里
甚至最后的呼叫
也被摔得粉身碎骨

但后来者
仍把那些竖立的白骨
当成继续前往的
路标

山村的驴子

山村的驴子
永远走不进黄胄的水墨
拧成绳的山道
为未来机械化的梦
做了永久的
结扎

山村的驴子
就是山里人亲密的
家庭一员
驮着骨瘦如柴的日子
低头垂尾
把山里的一年四季
踩得坑坑洼洼
偶尔抬头
灰白的眼睛深处
总是映不出山道重复的尽头

山村的驴子
有时也愤怒地冲天吼几声
但更多是在
被不断的吆喝声中
沉默地向前走去
铁掌踏击出火星

经常会在寂寞的山道上

洒下一串串黑色的

……

村井

村井很古老
老成小村数辈人
一眼幽深幽深的
记忆

被苦难压弯的日子
在村姑的肩胛上
颤悠着
无穷无尽的晨昏
泼溅出的水花
在街道上
淋漓出弯曲的痕迹
成了深入村庄生活的
另一条线索

从小村走出去的人
无论鞋子的船漂泊的
有多么遥远
眼睛里
总是镶嵌着两块风景

一块是对亲人的思念
一块是村中的老井

父亲的镰刀

注入诗里
你是一句流汗的诗行

父亲手上的皱茧
流过岁月的河流
一遍遍地淘洗
你的灵魂如骨

刈割过处女地的蛮荒
刈割过带血的红高粱
沉重的日子
在你雪白的刃口上
激烈地挣扎
和跳荡

当父亲终于睡成了
一座山冈
那永不会垂落的手臂
便挺拔如树
悬挂在枝头
你就是那弯枯瘦的
月亮
大地授予父亲一生劳动的
徽章

农闲

从庄稼地里捞出的农闲
拧干了甩一甩
静静地挂在
站立墙角的锄钩上

所有汉子的腿脚
都走不出
女人目光布下的沼泽
踩一脚
咕咕地往外冒心疼的柔情

梦倒墙外的树荫下
却被孩子
狗尾巴草的童年搔醒

于是任田野无声地绿着
任院里海棠悄悄地红着

在乡镇的集市上
守着一篮鸡蛋
守着一篮阳光
守成农活的局外人

我的小村

种植在大山皱褶的深处
我那遥远的小山村
你是飞鸟衔来的
一粒种子吗
如草帽般大小的山地上
长出炊烟

小村的春天
被耧铃摇醒之后
开始发芽
而后摇曳成
夏日那最浓绿的心事
那些从不患上感冒的
汗珠子
在场院被木锨扬成一道道
秋的彩虹

小村的女孩
乘坐阳光出嫁
阳光又为小村驮回了
爱情
古老的铜唢呐
总是把小村的脸蛋子
吹得通红

小村就这样
朴素地过着属于自己的
有滋有味的小日子

荞麦啊，荞麦

当我和村庄
正在为流产的秋天
而哭泣　荞麦
在夏季的回望里
已站立在庄稼的伤口之上了
这是庄稼之外的庄稼

吮吸着泥土即将干涸的乳
与阳光消退的激情
仿佛一群受了培训的
乡下女子
在短短的时间内
就脱去了紫裙白帽
成熟地举起
一柄柄三棱形的
手术刀　开始投入
治疗岁月的创痛

农业史籍上　有许多
被冰雹勾抹的章节
都是被荞麦们补写的
让村庄度过了一个又一个
险些塌陷的岁月

在土地的章节里
至今仍摇曳着荞麦
孤独而执着的姿影啊

拾穗

从米勒彩色指尖上
滴落下来
绘作了一幅秋天落潮后的
现实主义风格的油画
质感纯净

季节并不十分吝啬
沿着它丰硕的指缝
所遗落的
那几粒饱满
她捡拾着
土地馈赠给人类的
金色情感

农妇们弓形的背影
把赤裸的地垄与天空
起伏向遥远
而身后孩子们的篮子里
却装满了她们
一片片杂乱的脚印

远处的村庄用眼睛的
镜头
给定格成永不褪色的风景

正月十五

一柄柄铜唢呐
在料峭的春寒中
把那轮瘦瘦的月亮
吹圆了
把大门口的灯笼吹红了

吹出满街的高跷
满街的旱船
满街的秧歌
披红挂绿的日子
踩着锣鼓点
把上了年岁的村庄扭动成了
待嫁的新娘

春正从老人脸上的
每道纵横交错的皱纹间
淌出来
从孩子那缺了门牙的笑声里
挤出来

伸伸懒腰
村外的冰河退去了束缚
把一山谷的欢乐
泱泱地送向山的那边

小村的静

小村被汉子们肩上
锃亮的锄板
晃动得越来越淡远了
正是三夏时节
村庄成了他们身后
悬挂的背景

买豆腐小贩的一声吆喝
在村庄的石板街上
洒一道新鲜的湿痕
系在槐树下的老牛
梦回
春耕时的壮怀激烈
站在桑树巅上
公鸡一声无聊的长鸣
在小村的意境上又钻了
一个更加幽深的眼
往外冒着丝丝的静谧

麻雀的胆子变得
格外壮大
从树上三五成群地射下来
啄食着米屑般细碎的
阳光

秋的深处

在石头都将成熟的日子里
阳光
把空气酿成浓浓的酒
在土地上任意泼洒

秋　从新磨的镰刀刃上
轻轻滑落
背驮遥远的晴空
农人变成了渔夫
满脸纵横的皱纹
如日月吐出的金丝银线
编织出一张古铜色的
大网
正奋力地向田野抛撒
捕捞秋的深处
土地那亘古不变的
金色许诺

头上的长空雁叫
是呼叫的号子
一条条庄稼地里的小道
绷紧了季节的纤绳

乡俗

乡俗
是刻在乡村脑门上的
铭文
仅记住几条
你就如鱼了
就能任意在村庄和乡野间
自由地游弋

谁若想随意对乡俗
删改一些内容
谣言
就会像转眼飞来的蝗虫
将你丰硕的思想
蚕食得空空如也
你就成了一棵
没人收割的红高粱
而独立寒秋

尽管你的脚力很年轻
但在乡村
你走不出比你老祖父
年事更高的乡俗

我和妹妹的月亮

妹妹的月亮
原来很圆很圆的
那是她和另一颗心
在暗中梦圆的

我的月亮是残缺的
高高地悬在三十出头的
天空上
而那半边却被大山的
天狗
给吞掉了
大山里的汉子
属于自己的月亮
很少有圆圆的

那年的夏天
被妹妹偷偷地哭黄了
她狠心地咬去了
应该属于自己的那半边月亮
吞入肚里
用自己的半边　笑着
去了山外

于是从此

妹妹的圆月有道伤痕
我的圆月也有道伤痕
有伤痕的月亮
在大山里
曾照耀了若干代人

收割归来

头上沾着来不及摘净的
谷叶豆秧
就像恋母的孩子
一直从田野跟你回家
不用哄它们
操动锅铲你开始炒做
一顿温馨的人间烟火

沿窗外走过的
是你收割的脚印
一捆捆庄稼扎着秋天的腰带
向远处排列
等待着场院最后的
检阅

穿过岁月的氤氲
你的目光融化成母性的
农桑秋水
在季节的河谷间缓缓地
流动
上面漂浮着
关于土地和家庭琐碎的
细节

而我就是你臂弯里
那柄疲惫而光荣的镰刀
泅出汹涌的汗水
此刻就倚在墙上
为你哼一支很银的
歌谣

谷草垛

用雪花塑造的童年
早已被人生正午的太阳
融化了
而融化不掉的
是对乡村的谷草垛的
怀想

它是秋天埋下的伏笔
就点缀在村边
那是在有雪的日子里
孩子们最温暖的记忆

匿身于它穹隆的空间
叩响粮食走过的路程
你能听到
玉米叶子在微风中的
浅吟低唱
谷穗摩擦发出的
呢喃细语
还有大豆被阳光点燃后的
炸裂
一群土地的嫡子
血肉鲜活地与你进行温暖的
交流

谷草垛
是印在乡村雪地封面上
一幅纯金打造的
插图

我老家房檐下的燕子

我老家房檐下的燕子
走失了
就像走失多年的亲人
从此杳无音信

老房子就像一篇掉了牙的
故事
平铺直叙
而当初自你成了我家的
房客
便描画出了许多动人的
情节
你把我湿泥巴般的童年
从河边一嘴嘴地叼回来
垒砌在
结满蛛丝的房檐下
开始了日常生活和生育后代

曾随着你的舞姿
在大雨来临之前
我低低地掠过大地
或院落
在低沉的空中
用剪刀似的尾巴

剪出一则则湿润的预告
而更多时
随你飞出故事之外
留下一段谁也无法破译的
艺术空白
或在雨后庭院的晾衣绳上
栖息成
一排文字样的遐想

你哺育儿女
就像母亲哺育我的过程
叼着虫子回来
一堆蜡黄的小嘴大张着
发出祈求的呢喃
而我的目光　此时
总会追逐母亲那日渐佝偻的
身影

一年一度
在我童年成长的刻度上
每年你如约而归
又如约而去
精确如季节的时针
让我拥有一个真实的
守望

我房檐下的燕子

走失了
就像走失多年的亲人
从此再也没有回来
房檐已经老了
如耄耋老者稀疏的眉毛
它下面再也没有了
眼里噙着高粱粒般天空的
灵动

修伞的小女孩

修伞的小女孩
从南方来
穿过一片梅雨季节
从遥远遥远的南方来

一声声吆喝
如一根青青的树枝
在空间摇曳
摇得北方本来很直的
街巷
九曲回肠

但北方的天空晴朗得残酷
每一扇窗
也晴朗得残酷
当她的声音穿过教室的
玻璃
被一双双同龄的目光
惊讶地撞了回去
使她忆起了许多修伞以外的
情节

修伞的小女孩
一声湿漉漉的吆喝

将许多晴朗的心
都喊得湿润了
但北方的雨
仍迟迟没有到来

修伞的小女孩
从遥远遥远的南方来

大榆树下的呼唤

那一声声呼唤
穿过暮云合璧的苍茫
穿过鸟雀归巢的聒噪
你在喊我回家吃饭

那一声声呼唤
穿透我后来人生的岁月
如同脚印和影子
不离不弃地与我相伴

无论是在喧嚣的城市
还是在寂寥的乡间
无论是得意忘形的聚会
还是独自咀嚼世味的苦辣酸甜

它都是那样清晰
像蛰虫在泥土里拱出的雷声
它又那样热切
像游子看到自家灯光的温暖

重回我记忆的村庄
在傍晚
我在寻觅当初你的
那一声声呼唤

而你的形象早已伫立成村头的
那棵老榆树了
站在树下的
是我永远也长不大的童年

春的瞬间

当春天暖如情人的酥胸
你仰卧于田野之上
聆听
那冻结了一个冬季的鸟声

仿佛一泓泉水
又一泓泉水
从透明的空间
向你涓涓而来
上面漂满了细碎的花瓣

流进你的毛孔
把你的那颗心灵
当成一枚光滑的卵石
洗濯
阳光和水影在你生命深处
忽闪着斑斓的彩纹
在天空的倒影里
你发现自己原来是一条
最柔软的河
正在渗入泥土

五月之梦

五月的山野
被阳光烧制成景泰蓝了
闪耀着
细瓷般柔润的光泽

五月的枝条
摇曳绿色的旋律
用音乐的阴影
亲吻泥土

五月的布谷
在山间田野上空
撒下
一遍遍催耕的通知

而农家女穿行五月
被多情的风改编为
一枚精致的书签
夹入季节的诗集

夏天十四行（组诗六首）

蝉声如烟的正午

蝉声如烟的正午
夏天
伏在狗的舌面上
喘息　赤红如思想

其中许多感受
都是在村庄上空
或茫茫田野间
燃烧着的那层蓝色惆怅

太阳似一面铜锣
从内部敲响
无声的韵律闪闪发光

永恒的流浪者　云
像被上帝宣读的诏书
而面无表情

在槐花之间

槐花倚五月门槛
诺言般开放
这美丽的夏之少女
裙裾摇曳

倾吐热烈童真

如老者的阳光
逡巡枝头
守望一个纯洁的梦幻
而放蜂人的帐篷
已从远方流浪而来

在槐花中间
流动若音乐的馨香
缓缓地漫过
我关于夏天的思绪

黄昏中的白杨林

这无数舒展的掌叶
被夕阳镀色
轻轻地拍击青铜的音韵

徜徉在杨树林之间
你只需静静聆听
那如歌的行板
在你情感的波谷间滑动
喜悦或悲伤
这来自夏天傍晚的音乐

当你拨动脚步时
便发现自己也是一株白杨

生命的年轮
已加入一种无声的旋转
如留声机的唱片

雨丝风片

雨丝如闪亮的记忆之线
穿起无数透明的风片

远山　出岫的云块
像懒散的牧群
与我保持一定距离
产生了某种和谐的共振
许多幸与不幸的故事
都被湿润的鸟啼
悄然融化了
我从树枝上一滴滴地
滑落下来

汇成一汪宁静
让夏天荷叶的手掌
亭亭地托举着
我的一个透明之梦

夏天的情绪

夏天的情绪
偶尔写在辽远的天空上

雷的车辇
抽亮闪电的鞭子
驶过饱满的云层
迸溅起飞鸟的泡沫
掠过土地的翻腾
站在田野
我柔弱如一株细小的树
却感受到
来自生命深处的壮烈
充满亢奋的渴望

一切烦琐的细节无法覆盖
夏天在我眼里燃烧

在河边

河边是季节的唇
曾经夸张的语言
正逐渐消瘦

浮出的石头
如参差的牙齿
慢慢地咀嚼着残存的咸涩

一只鸟飞来飞去
再也找不到
当初栖息的落脚点
在水中

鱼们笔直地追踪自己的影子

一片叶子飘下
根据太阳的指引
偷偷地去了山外

在那个下午

在那个夏日的下午
我故乡的河流
穿越了
你青春的胴体
你的脚踝
美丽如一段音乐

河边
玉米林的浓阴里
菟丝草纠缠着
无法破解的炽恋
红嘴鸟的穿梭
将流水带向了遥远
阳光与流水合谋
把我们折映在水下卵石的
彩纹上
夏日正以另一种情绪
在我们的眼里燃烧

而我年迈的祖母如沉默的影子
在河边那块光滑的石头上
反复地揉搓着
一个久远的关于夏日的
记忆

站在季节的岸上

那个叫立秋的日子
洇出很深很深的溽暑
站在季节的岸上
打了一个美丽的冷战

于是树梢上
结满的那一串串燥热的
蝉鸣
就不再冒浓绿的烟了

鹅黄的少女
折叠起彩色的思念
等待下届的展览
一朵朵鸟声
比阳光更清亮
擦拭得山峦如水

站在村头的老人
想起光腚的孙子
头戴柳条帽飞向河滩
好像就发生在昨天

印象

当最初那啼金黄色雁鸣
滴落下来
在土地上渐渐洇开
一个季节就被淹死了

秋的脚步很有力度
瞬间踏翻了
所有白杨树的叶子
闪烁层层鱼鳞的银光

穿过溽暑的鸟
如射程之末的子弹
在明亮的池塘
投下笔直的身影
雍容的山野
因亟待分娩
而等得脸色发黄

唯牵牛花
顶着早霜的白色恐怖
在农家的篱笆上
为逝去的时日
挂几幅彩色的挽幛

已熟透的太阳
被山的枝丫摇落
溅起满天繁星
遍地虫鸣

月光树

山被夕阳的刀片
斜斜地削薄了
在不远的天边贴成
一帧帧剪影

月夜
从孩子的睫毛上滑下来
让蟋蟀们
弹拨成如水的童谣

月光树
复印了海底珊瑚的意象
伫立着
尽量向空间描绘
老庄的虚静
禅宗朦胧的玄逸
满地书写
陶渊明淡泊的身影

星空很遥远吗
山野如梦
月光树如梦了

山中岁月（组诗八首）

空山

当石头
都修炼成一个个风景之后
樵夫的山歌
就缥缈如烟了

云深处是什么
水深处是什么

狐仙与蛇仙的传说
竟然听老了
来自远方的那条
小径
长出满头衰草的华发

啄木鸟
是一位辞藻枯乏的诗人
始终在树干上无聊地写着
空空

古寺钟声

古寺的钟声
比每天敲它的僧人更老

蹒跚的步履
始终走不出
这逼仄的山谷
于是只好交付年轻的风
去翻译
那千年的重重心事

寺旁的溪水因此而怀孕
在无人照料下
分娩着
一个偌大的虚无

岩鹰

岩鹰
山谷禽鸟部落的酋长

栖于山崖上
把自己装扮成果实
为善良的生命
设下铁铸般的阴谋

之后　用锋利的爪子
剔除塞在牙缝里的
满足和空虚

最高超的表演
是停在空中静止不动

用君临万物的姿态
释放某种权力的欲望

一线天

就这样默默地
相互对峙了太久远的春秋

无声的仇恨
使岩石的骨骼棱角突兀
崖间的树是双方伸出的
手臂
却握不住咫尺相隔的空间

只有山鸟
飞过来又飞过去
牵引着线一样鸣叫
不知疲倦地缝合着
这天然的隔阂

鸟巢下的风景

从悬崖的骨缝间
抽出淡蓝色的雾霭之后
树朦胧
鸟也朦胧了
羽翼孵出了一团温热的
宁静

—

草虫的私语
短促而闪忽
让山风偷偷窃听
传出一阵轻微的闲话

但丝毫没打扰东山垭口间
冒出的那对静止的
狍子的犄角
在它的枝丫间
渐渐长出了一颗饱满的
月亮

松下问童子

松下问童子
悬挂了一年干枯的时间
从松树枝上
坠落

掬水石上清泉
根本寻不到太阳的影子

而放在地上的旅行包
已被如雨的鸟声打湿

只有蝉声
唱直了那缕炊烟
很孤独地飘摇

却还在云的深处

舟在水中行

舟在水中行
行在云里
鸟在天上飞
飞在水间

一双桨划破悠悠往事
回首
又被瞬间愈合
留下几丝粼粼余痕
山不语
水也不语

伫立崖畔
一丛野菊正讲述千年的风流
你却听不懂
那古老的语意

蝉鸣从空中
抛下丝线
以太阳为钓饵
把你悬钓成
一个薄薄的空灵

山行

山径
铺几片重阳的脚印
你追踪的那个季节
刚刚转过山脚

谁遗下的一柄雨伞
已落地生根
悄悄长成
一株亭亭玉立的枫树
用炽热的思念
翘盼去年的主人

拾一枚落枫
在上面
你竟然发现了妻子的
指纹
树下所有的回忆
都被染红

空白

一夜之间
房子就老了上百岁

风飘不动屋顶的
白发
银白着一种孤独
在这个时间里
所有的飞鸟
都失去了联系
炊烟也变成了
雪的附属
屋檐无声地滴着
冰冷的时间

空留的一行脚印
深深浅浅地走进山里

白雪山谷

迷恋于白蝴蝶的童话
所有的道路
都背叛了昨日的
诺言

只有你与我的脚步
在与这个单纯的世界交流
而我们脚印的语言
又很快就被遮盖了

牙雕般的远山
驾着暮色的阴影
在你眸子间蜿蜒游动
透视心灵的冰清
而我让不甘寂寞的灵感
伏在你睫毛上
做一个忠诚的守望者

一个雪后之暮
一条静寂山谷
你与我
把自己写进了
一篇冬天的童话

第一场雪

当白杨树的枝丫间
最后那片叶子
被变心的风所遗弃
脚下的土地收紧了
毛孔
因聆听了
那个轮回的判决
小草的血液冷却成
苍白

终于
我想到了家
这个为夏日淡化的概念
请不要开灯
先将炉火点着
投射我们的身影
在墙壁上恍惚若谜

就这样
我静静地阅读着
你眼眸深处
那束橘红色的温暖
让心的游鱼
蜿蜒而如孩子鼾声的

水波

而窗外第一场雪
如猫蹑行
将夜踏白

幽情的咏叹

那背阴坡上的残雪
是冬日
未被扯净的一缕缕白发
残留在自然低沉的段落
羞怯地闪烁着
刺眼的光芒
注释着山间偌大的寂静

一丛丛黢黑的树干
有如炭笔画一样向空中描写
枝条
显示黑白对比的孤独
与低于挺拔的微不足道
但你仍顽强地残存着
幽情的抒发
让邻近的泥土激动得潮湿

而你却不知道
移情别恋的河流
已裸身依偎在另一个季节的
情歌
如山野间的荡妇
肆意泛滥着所有的松弛和妖冶
为你的忠贞和坚守

崖畔上那枝最先绽放的桃花
替大自然
羞红了脸颊

第三辑

触摸红色肌理

英雄挽歌

1940年2月23日下午，东北抗联第一路军总司令杨靖宇将军，在彻底断粮五天的情况下，最后撤到吉林省通化市原蒙江县保安村西五里一个叫三道崴子的山谷里。是四个叛变者帮助日本讨伐队，把他的抗联队伍打散，最后只剩下他一个人，被一步步逼入绝境而壮烈牺牲。1958年，新中国第一次为他举行元帅级国家公祭，毛泽东等党中央领导均送了花圈。

在吉林那个沉寂的子夜
在灯下
我庄重地掀开了1940年冬天的
封面
在林海雪原的版面上
你如一只受伤的巨鸟
艰难地拔动着双腿
向上挥动如翅的臂膀
向我跑来

一个快速移动的黑点
由远及近
渐渐　我看清你高大的身躯
和刀削的轮廓
你残破的老羊皮袄
用草绳捆绑着的棉鞋

抖落不尽褴褛的硝烟
而皮帽子下那勇敢坚毅的眼神
比白雪反光更尖锐地
穿透八十多年厚厚的
时空
击中了我的情感
我听到了你剧烈的呼吸
在天地间
风卷林涛般起伏

日军飞机如饥饿的乌鸦
在你头上盘旋
寻觅
撵着你的足迹
讨伐队如一股股黄色的尿液
从太阳旗上
滋出
在雪地间洇开了
一片又一片的包围

已经断粮五天了
你一个人咀嚼着
零下四十多摄氏度的寒冷
在树枝冻裂声中
用一茎草根
一片树皮
一团棉絮

支撑着属于自己的信念
在短暂而又漫长的
五天五夜
你跑完了抗战十四年难熬的
时光
跑完了一个英雄的传说
跑到了那个举世震惊的终点

我摘下了另一个难以启齿的
章节
在手里揉搓出一串叛变者的名字
如稗子空瘪的籽粒
一个个揣手缩脖
目光空洞而猥琐
他们用精心的告密和设计
编织了一张阴谋的大网
一张出自同胞之手的大网
日本人举起它撒向林海
撒向雪原
撒向
一个英雄最后孤独的传说
捕捞多年难以实现的
罪恶

在那个让时间都屏住呼吸的
下午
在蒙江一个叫三道崴子的山谷

对峙杂色斑驳的围剿者
你认出的那些曾经熟悉
又变得陌生的
眼神 一颗颗
如贪婪的子弹向你射来
在未中枪之前
你已经被击成了严重的
内伤

叩问你曾经背靠过的
那棵杉松
我听到传自时间深处的
一个虚弱的回音
“是抗联投降的都滚出来，
我有话说！”
我和整个世界
都想知道
在生命的最后
你到底想要说什么
为什么最终没有说？

答案
肯定会让白山黑水沉默
让历史脸红着沉默

狼牙山的回声

狼牙山
从未进入中国三山五岳名录
它在易水河畔
在两千年前荆轲唱响的
那首寒光凛凛的歌声里

十四年抗战是一杆坚韧的
秤
一直在称着国人的灵魂
谁又站在哪颗秤星?

你们就像被战争
淬过火的五根银灰闪亮的
钢针
牵着三千日军的一团乱麻
在九曲回肠的山路上
在荆棘和乱崖丛中
在枪声和炮火的骨缝间
穿来绕去
把它们紧紧地缠在锋利的
狼牙之间
最后打了一个主峰棋盘陀的
死结
彻底缝住了追击抗日军民的

破绽

把吐不出子弹的枪摔死在
岩石上
甚至连能搬动的石头
都射光了愤怒
你们紧紧地簇拥在一起
在簇拥出狼牙山不屈的
海拔之后
纵身跳下飞天的绝壁
跳进1941年惊愕的瞳孔
跳进《晋察冀日报》那略显粗糙的
版面
在陡峭的抗战史上划出
一道深刻的伤痕
山谷间骤然激荡起
壮士一去兮不复还
一个民族血性的回声
也就在那一刻
狼牙山让其他名山顿时
失去了高度

狼牙山
从未进入中国三山五岳名录
它在易水河畔
它在两千年前荆轲唱响的
那首寒光凛凛的歌声里

阅读延安

延安
与全国那些已经出版
或正在编辑着的城市
没有什么太大区别
只因两山夹峙的地形
开本就小了许多

翻开一页是年轻的楼群
再翻开一页
是霓虹灯吵闹的街市
还有陕北民歌和高原肢体
纠缠着的街心公园
或者喷着泉的广场
要想品味
蹚起满天黄尘的腰鼓
走头头骡子的铃声
或婆姨站在黄土峁峁上
喊娃回家吃饭的吆喝
那是在很遥远的
乡村章节

而就在城乡接合的过渡段上
那些嵌在岁月深处的
红色遗迹们

就成了夹在延安这部新书中
木刻版画的插图
杨家岭枣园凤凰山
领袖们曾在一孔孔窑洞里
把两万五千里路上流出的
血与火
细心地收集起来
掺和着黄土揉在一起
让它发酵
酿制比两万五千里更长远的
红色预言
并试着在马克思抽象的
语言树干上
嫁接中国树的枝条
让它结出属于这片国土的
秋天
或用红蓝铅笔
在地图上
牵动着全国的红色神经
窑洞外
思想散步的小道
踩出反复徘徊的校正

就是在那盏油灯下
毛泽东为缠着绷带的抗日战争
开出了一剂《论持久战》的
千金方

在岁月暗淡的瞳孔深处
点起了一束星火
燃红中国西北角的版图
从四面八方汇聚而来的
年轻铁流
冲垮了所有白色藩篱
涌向宝塔山
涌向延河
打着灰色绑腿的革命者们
被小米饭和山药蛋养大
面容虽显清瘦
但每一根意志都能敲击出
金属的回声
他们把用热血浸泡过的种子
播入黄土地干旱的神话
结出红高粱般饱满的思想
结出一丛丛出征时腿的森林
还有延河边篝火的歌谣
南泥湾用花篮装满的收成

蒋介石曾站在
夺取延安后那喜悦的
空洞里
注视毛泽东的窑洞内
用十三年岁月雕刻出的那些
过于简陋和寒酸的红色
他不由自主地打了一个愣怔

但他并不知道
仅在这交睫的瞬间
如初春开化的黄河
中国现代历史的巨大冰块
正在发生着
剧烈地挤压和错位

延安
是一部已出版发行的城市
那一帧帧木刻版画的
插图
使这部作品增加了厚重
宝塔山是它的封面
延河做了封底

谒刘胡兰纪念馆

当我终于走进你的时候
头上已覆盖了你离开时
那年冬天的霜雪
脸上也长满了
吕梁山纵横的沟壑
而站在汾河岸边上的你
还是那么年轻
就像我既熟悉又陌生的
邻村女孩
一直活在
我上小学时稚嫩的朗读声中

你识字的铅笔头
你书写的小石板
你抹万金油的小铁盒
你用铜片制成的戒指
你用过的手绢
你装针线的提篮
还有你的油灯
所有陈列在时间里的物件
都属于你那个年龄悄悄绽开的
亲切花朵
在平凡中诉说着伟大

你刚从外面风尘仆仆地回来
从支前的路上
从土改会上
从党小组秘密接头的地点
从那些我无法想象的情节
你曾摇动疲惫的纺车
把黑夜的线团一缕缕地纺进
制作军服的粗布
用千针万线纳出军鞋上
一层层细密的黎明
在血与火的年代
你是被超前铸造的
一个特殊生命

那柄铡刀
铡断的不是你十五岁
青嫩摇曳的年龄
而是铡断了
1947年那个冷酷的冬天
在满地流淌的霞光里
你站成了年轻的雕像

歌乐山魂

身既死兮神似灵

子魂魄兮为鬼雄

——屈原《九歌·国殇》

一

这是一颗用鲜血浇铸的砝码
压在夜与昼的天平上
这是一封留给未来的遗书
写满了灵魂的雕塑
嘉陵江的浪花
所重复的故事永远年轻

二

终于
你们走到了这里
那座后来被传唱得草莓般殷红的
岩石上
让罪恶的子弹
穿透了生命
筛状的创口
过滤尽了那个世界最后的
几缕残梦
把已看到光明的眼睛
献给了

那面冉冉升起的旗帜间的
星星

我来到你们中间
为了寻找那个少年的梦境

我很想倾听你们的讲述
但一座座雕塑
或群体
或个人
都保持着花岗岩的缄默
歌乐山很凉的云帕
擦拭着你们自信的微笑
山风的梳子
梳理着你们波浪般凝固的
发型
但我虔诚的目光
从你们凹凸的线条间
从脚下一抔黄土
一棵小草上
终于读懂了——信仰
这个概念的真实内涵和永恒

碑文上的文字
因记忆而愈发深刻
纷披的野藤
让思念翠绿得发疯

三

为寻觅
你们生命留下的最后痕迹
我用沉重的脚步
踅入阳光下的地狱

那些曾经把黄昏与黑夜
折磨得毛孔痉挛的刑具
仍在为当初没能打开一封语言
而流露着困惑的狰狞

你们用狱室里窄窄的容身之地
襁褓了
九百六十万平方公里的梦
放风时那踉跄的步履
已经播入坚硬的石头
让理想的种子在绝境中
萌生

小萝卜头
凝视过的那株矢车菊哪？
透过栅栏
双手追逐的那只小鸟哪？
早已飞过被切割的天空

幽深的地牢
曾被不屈的意志挖出的自由

之穴
正透视着
嘉陵江上的点点帆影

我抚摸着被子弹灼伤的墙壁上
你们刻下的字迹
“失败膏黄土
成功济苍生”

蘸着黑暗和死亡书写的
诗句
仍奔涌着滚烫的血液
激荡着历史的回声

四

在那段日子里
我和共和国都痛苦地
失眠了
一位伟人埋入铅字里的预言
果然长出了恶之花丛

歌乐山在说
嘉陵江在说
赤红的雄鸡版图上
绝不能感染
正在世界流行的败血症

五

没有一条河流
让我的思绪如此绵长
没有一座岩石
让我感觉这般凝重

散文

草原梦想

一个呼伦贝尔的梦。

塞外。八达岭脚下。当你踏入康西草原，你才会顿悟什么是大自然的伟力。那穹隆似的天空努力地向下笼罩着，蓝得空阔。即便点缀几片浮云，也显得轻松而超然，似乎随意做出的某种高妙而洁白的幻想。而纵览低回、扑入视野的，是绒毯般醉人的绿，仿佛刹那间就连你的情绪也绿得无边无垠了。其实，这不过是草原这幅画面的底色，就在草丛间、曲径旁，一丛丛、一簇簇粉红的、杏黄的、玫瑰紫的、雪白的花儿们，或含苞待放，羞羞怯怯，或浓浓烈烈，笑靥迎人，却都散逸着浓郁的芬芳；突兀的蒙古包群，雨后的蘑菇似的，在阳光下闪烁着银洁的光亮。而在西边，天和地接吻的地方，一抹渺冥的烟水，那就是官厅湖。牧放着的牛群或羊群，正低首摇尾啃吃草原的悠闲，仿佛套印在绿绸子上的图案，绚丽斑斓，多彩多姿。而随风传来的牧女的歌声，又时断时续，若有似无，野腔野味，煞是撩人情思。于是，你就有一个炽烈的欲望，骑马！那马等你稳坐鞍鞯之后，先昂首甩尾就地转圈做出奔腾咆哮之势，之后，才一刹腰，四蹄攒动，鬃毛飘拂，驰骋起来。你会感到天在旋转，你耳畔听到的风声若管笙齐奏，使你酣畅淋漓如狂如痴，梦想自己就是古代最剽悍的驭手。继而，马又兀地变换走势，你会感到金戈铁马的狂烈交响，变成小夜曲般的轻曼舒缓。此刻仿佛连风都收敛了透明的羽翼，伏在草尖上，悄然不动，而整个草原都被懒懒的阳光，用金色的催眠曲哄骗着进入一个太遥远的梦境。你微闭了双眼，任马由缰，嗅着草原那特有的浓烈的气息，感觉进入一种微醉的状态。当你掉转马头，偶或会发现一只火红的狐狸，冲你狡黠地眨眨眼，又球状闪电般地滚入草丛深处，给你留下太多的遗憾，也留下了太多的回味……

草原的黄昏，简直是一幅质感纯净的油画。落日熔金，暮云合璧，整个草原笼罩一层橘红色，似乎每株花草都饱饮了落红夕照……天四周的烟岚雾霭已悄悄褪尽，一抬头，海陀山不知什么工夫儿，已静静地站在北边。线条清晰，翠得发蓝，又柔和得叫人想去触摸。官厅湖畔的夹岸杨柳已变成弯弯的一线，如眉似睫。鸥鸟们驮着夕阳霞彩，从四面八方鸣叫而至，湖的上空很快就集成一片雪白的云阵。此刻，你赤脚伫立在沙滩之上，就像踩着柔软的云，一种熨帖而又微痒的快感，瞬间传遍周身，你再谛视湖水，竟有别于正午的风致。微澜不兴，波光明媚，又若不胜娇羞的处女，染着层淡淡的红晕。水中央修官厅水库时淹没的怀来县县城旧址，被夕阳余晖斜射着，影影绰绰，宛若海市蜃楼，让你展开不尽的遐想……

恰似渔歌唱晚。一阵阵欸乃之声自远而近，渔家女手摇双橹，背着晚霞，剪影似的轻盈自如，似一只只彩蝶，伏在一片金黄的柳叶之上……或许，你余兴不绝，那就驾扁舟一叶，凌于青波之上，甩丝垂钓，许无鳞甲之获，却能钓得一片霞光、几串渔歌……

入夜，草原上，一堆堆篝火燃起来，乐声盈耳，一对对的舞伴起舞翩跹，若行云流水，火光在每张面庞上描绘着生命活力的光环。夜阑人静，当你睡在温暖的蒙古包里，想做个结结实实的草原梦，但窗外的月光，又诱惑得你难以成眠，就不得不披衣而出。抬头，星汉迢迢，低首草丛间，已缀满钻石般的露珠，闪闪烁烁。或有几声寂寥的虫鸣，或远处湖面“泼刺”一声，草原就又归入安详与宁静了。

在塞外。在八达岭脚下。康西草原——一个呼伦贝尔的梦。如若将长城喻为一条金项链，那康西草原就是缀着的一枚璀璨的绿宝石。

龙庆山水吟

塞外的小漓江，龙庆峡美！

水作青罗带，山如碧玉簪。

县志中描写道：“山环水复，别辟仙枢若新阴欢夏，则碧峭摩天，翠屏开野，收青霭于衣襟，荡空灵于胸臆也。”乘船游龙庆峡仿佛是用手徐徐展开的一轴山水长卷，大有漓江风味，游人无处不在画境中。那水流得很舒缓、很婉约，如果不经意，是看不出它在流动着的，仿佛是山的影子太凝重而造就了它那种过浓的温顺和纤弱、缠绵与妩媚，脉脉地拓印着白云和鸟影，无声地浸润着两岸翠微的浓郁，柔柔地把如梦的缱绻、大山的心事雕刻在岸边的岩壁间。而夹岸山峰却气象万千，姿态迥异。或一峰孤峭独耸，如庄严的老者伫立天表；或娉婷袅娜，酷似一女子，含情凝睇，静待人来；或像一老妪佝腰驼背，踽踽而出；或二三山峰纠结一起，攀肩附耳，如私语，似窃笑。危崖孤悬，如坠欲裂，使人忧虑，目若交睫定会震其崩溃；而一列削薄的峰峦孤峭立于水中，又似屏风开展。有的如猛兽飞禽，扑张声势；有的若小动物，栩栩如生，活灵活现。峥嵘者有之，奇崛者有之，秀丽玲珑者有之。

而山上的一草一木，似乎汲取了山水的灵气，使劲地绿，绿得氤氲，绿得醉人，绿成了化不开的色块。临近而视，又各具情致：一株古树，虬曲盘旋，夭矫多姿，根须和嶙峋的山体纠结拳曲，构成了山之筋脉，几株白桦亭亭玉立，风姿妖娆，一片松林招摇半山绿意，一丛野藤参差披拂，缀者如旒，挂者如帘……

龙庆峡，山是立体的水，水是融化的山。水绕青山山绕水，山浮绿水水浮山，青山簇簇水中生，船在青山顶上行。山和水结合孕育，就分娩出了这如仙似幻的意境。

龙庆峡四季风光无限，又各具千秋。

春天。坚冰消融之后，仿佛从一场长梦里醒转，有一种“云髻半偏新睡觉”的惺忪和慵懒，水面上，笼着一层薄薄的雾霭，似乎是没褪去的最后一件洁白的衫子。“春江水暖鸭先知。”不知从什么地方飞来的野鸭，三五成群，轻盈地浮于水面，像一枚枚飘动着的彩色音符，身后拖曳着缕缕的余音般的波纹；鱼群，也纷纷浮出深水，自由自在地游弋着。“人间四月芳菲尽，山寺桃花始盛开。”农历四月，山外已是花落残红青杏小，龙庆峡山间却花事正闹。崖头上，几株桃花开得灼灼；山垭里，一片杏花绽放得夭夭；最是梨花，总给人一种春带雨的感觉。红的如火，粉的似霞，白的若云。当有几丝料峭的微风掠过，树们便打出一个美丽的战栗，飘落一场绚丽的花雨。山峦显得奇瘦而孤峭，从远处能发现，这儿一片、那儿一片浮动着的绿雾，而待走近却又什么也没有，恰是“草色遥看近却无”。最繁忙的是鸟，时而翩翩掠过湖面，时而啄几星春泥或几株草茎，飞上悬崖，莺喃燕语，令人惆怅，又如醉如痴。

夏日是龙庆峡最迷人的季节。幽谷清流奇峰坠影，若遇响晴天气，山生烟岚，峡水凝碧，水光映山影，山影摄水光，游人便恍惚不知处于水上抑或是峰间，浑身都浸满翠翠的湿意。且由于山高谷狭、水域漫长，又造成了龙庆峡特有小气候，这里年平均气温偏低，尤其到七月份，平均温度比北京城区低6.4摄氏度，甚至比著名的避暑胜地——承德避暑山庄和北戴河还低0.8摄氏度。而且，天气变化就像个好耍小性的女子，刚还满脸晴和，突然不知从何处就跑来一片云，并且有云便下雨，那雨下得极腼腆，极温柔，在头上斜斜地飘忽，想伸手捕捉，又倏地精灵般消失，落在水上如花针密刺，落在人衣上，又不着一滴湿痕，只是那空气更加湿润，更加清新，更加凉爽，吮一下，如冰片在口，直爽得五脏六腑透明般清洁。而微雨中的小漓江龙庆峡，山色空蒙，宛若虚幻之境。那峰峦皆隐没于一团团烟雨，似轻纱般遮掩了娇娇的羞怯；烟雨将收，便绽露出最远处的峰巅，仿佛海潮退去，渐渐现出的是一座座岛屿。而就在一峡烟雨之际，抬眼望去，山峰的那边，却始终都是晴天丽日，一山相隔情景迥异。

龙庆峡秋季。峡影红树，静若处子。一江秋波，澄绿且滑软，如凝玉肌，又清纯得直视无碍，舟行其间，竟无法判断是在天上，还是在水上，惝恍迷离。有鸟飞返于两峰夹峙之间，投在水里的影子笔直而清晰。山峰顿时显出了层次感，那蜿蜒的线条柔美多姿。漫山的枫树、黄栌、杏树就像痛饮过大碗的太阳酒，被醉得满面酡然，在秋风里摇曳，偶落的叶片翩若蛱蝶，飘飞盘旋，而远处山间红树，仿佛笨拙的画师于赭黄的底色之上，涂抹出的东一块、西一块的红颜料……红树醉秋山，碧水飘音籁，这就是龙庆峡秋之神韵。

龙庆峡隆冬。结冰期较长，异常寒冷，于是这里就诞生了冰灯艺术的奇葩。峡谷，一个冰雕玉砌的世界，一个北国冰雪的乐园。“东风夜放花千树，更吹落，星如雨。”冰雕的烟柳画桥、风帘翠幕，莹彻了一个又一个笑语盈盈的不夜天。

龙庆峡天然野趣浓。

从金刚寺再深入峡谷，需换乘小船。扁舟一叶，溯源而上，十里狭谷，十里幽静风光。夹岸之峡愈窄，就愈萦回，由于一般游人很少至此，谷间慢慢地洇出个偌大的静谧，可轻荡双桨，什么都想或什么都不想地随意前行。船若空无所依，飘飘欲仙，这时只觉天峡合一，如梦似幻。也许船头会碰上一座崖头，正怀疑已是山穷水尽，而轻掉船头，却又别是一番天地。或者，觉得泛轻舟、眺奇峰有些乏味，那么就系舟于岸侧，仰观天上流云，追视山间鸟影，将体味人类的心灵感应何以竟这般的绸缪；或者，投身峡水，畅游或洗浴，清凉沁透心脾；或者，坐临船头，甩丝垂钓，于屏息凝神之间，但见水纹抖动，猛甩钓竿，半尺鳞甲，已挣扎于岸边草丛；如动野味之念，可将所获拾掇一番，裹以黏泥，架在火上烧烤，待熟后，去掉泥皮，那鱼的鲜美之味便窜入鼻孔，颇不寻常。如觉仅鱼有些单调，可寻些山蒜野葱，在水边洗涤干净，以佐餐，倍感野味盎然；或者，抵岸步幽谷，观赏闲花野草的娴静，蜂蝶的狂乱，恍惚间，似觉有人同行，侧目而视，不禁哑然失笑，却是自己的影子，始终在水里紧跟相随。而正在此时，一只山鸟，从身边的蒿草丛中扑棱飞起，便去寻觅，准可发现尚有余温的巢窠，不是几枚晶莹若玉的鸟卵，就是几只乳黄未褪、嗷嗷待哺的雏鸟。或者，偶遇山中采药者或牧人，打问几句，知是游人，便主动地用土腔土调讲述这山这水，讲述这峡谷里的传说，于是受不住那神奇故事的诱惑，顺着指点，攀藤附葛去寻那山洞里的奥秘，俯临石上，去透视深潭中的风情……

龙庆峡没有漓江那样悠长，也不如三峡的阔大，但它却汲取漓江水之魂、三峡山之魄而融成自己独特的魅力，这是大自然天道沧桑、鬼斧神工的造化。而这山，随形寓意，依貌称名，就有了这镇山如来、钟山、鸡冠山、东大寨、月亮湾、马蹄潭等30余处景观，附丽了人的情感，山水就有了人的性格与灵性，且它又是生长在塞外这片难于生长色彩的地方，这不能说不是一个奇观，一个钟灵毓秀的山水之梦。

而历史的脚印，山间古刹庙宇，又为这明丽的山水之梦，着了一笔古铜的底色，令其愈显久远幽深。

而风土人情，传说掌故，又为这空蒙的幽境，渲染了一层想象的瑰丽，令其愈扑朔迷离。

龙庆峡，一个山水魅力独具的峡谷，一个四季风光如诗似画的峡谷，一个流传古老传说的峡谷。

塞外的龙庆峡！

龙庆峡里神仙院

像峡谷的流水默默地歌吟了千百年之后，在岸边上，猛地拔起的一个绿色的高音，尖尖的，直抛到半天上。山巅之上，几株摩云的千年古松的缝隙间，时隐时现闪出的一抹红黄就是神仙院了。

山顶，如一个立体湖泊。一株株树木，枝叶交错，蓊蓊郁郁，绿得隐隐透蓝。那探身于崖畔的松柏，浮悬半空中，仿佛欲飞下峡谷而又凝固的浪花，墨墨的，欲淌欲滴。荫翳幽幽，脚踩地毯般的陈年松针残叶，竟如踩着久远的梦。时有阳光射过树的缝隙，洒在地上，水藻似的斑驳陆离。而匿身于林间的山噪眉、云雀，争相鸣啭，嘤嘤成韵，不绝于耳……

站在神仙院的最高处，北望峰峦如涛，直涌到天的尽头；而塞外延庆大地，群山环合，极像一只精巧的盆，纵横的阡陌和点缀的村庄，便是盆底印着的图案；近在脚下的龙庆峡，迤迤逦逦，曲似回肠，又若缓缓舒展开的一幅蓝色的五线谱。那乘满游人的船只，就是移动着的颗颗音符了。山高风浩荡。山风，这大自然之音籁，自天外吹来，或如笙箫齐奏，又似弦丝弄音，爽人心神，荡涤胸次。

由此，不得不令人叹喟，果真是绝妙的仙境啊！只可惜，当初的庙宇建筑，已成颓垣败墙、断瓦残砖了。但拨开萋萋荒草，便会见到一幢汉白玉石碑偃卧于地，抹去岁月的灰尘，那镌刻着的颜体字迹，便历历在目了。这山在明代之前就叫神仙院，原有佛殿三楹，左右辅以真君伽蓝，山顶有座玉帝宫。崇祯丁丑年间延庆州永宁县的三位秀才，曾隐居山中潜心苦读，有感于山虽以仙名，供的却是佛，仙踪杳然，无所考稽，终是贵耳所贱目，宜有降鹤停鸾之所，以实之，便齐去做道士的工作。那道士就率领徒儿“禁足诵高上三皇本经，三年铢积寸累，并募化檀信，捐资修楼真殿三楹，奉寿星群仙以祀之，口口霍霍，足称云构，诚丹霞洞天，玉楼玉宇也，而此山之名乃有据矣”。碑文并描绘了当年的胜景：“璇角雕甍，霞为羽溢，曲廊绀穹，翠覆金铺，山之院也；空翠铄眉睫，浓岗沁肺胸，红芳绕药栏，飞鸣多奇羽，山中景也；万仞崖前，洞口鹤翔，林中柯静荷云归，景中人也。”

面对历史的废墟遗址，不知游人作何感想，是因之叹惋此山此景的美中不足，抑或是期盼能早日恢复旧观，给古人一个说法？但是否有人能就碑文之记载，而叹佩古人那种求实精神的可贵呢？

八达岭怀古

当你沿城墙拾级而上到八达岭的制高点北八楼，伫立于蓝天白云之下，手抚厚重的砖石，鸟瞰这“千山直欲倚天阁，烟封鸟道云难度”的千古要塞，不禁荡起豪情万丈的凭吊之感。北门锁钥的城门洞的石壁间，至今仍日夜轰响着忽必烈入主中原、康熙西征噶尔丹、明成祖朱棣五扫漠北那势如雷霆的马蹄声。农民义军领袖李自成，惨淡经营，辗转南北，定都西安之后，率百万雄师，气吞万里如虎，踏破雄关。试想当年那摄人心魄的壮烈场面吧！金戈铁马，旌旗蔽日，喇叭声碎，盔缨流红。顷刻间，三百年的明王朝香消玉殒，烟灭灰飞。

哦！好一座威武雄关！

那方长七米、高三米的巨石，静静地卧在八达岭“居庸外镇”的东门之外，晴好天气，站在上面，隐约可见京城，它就是那块耻辱的望京石。当1900年八国联军的枪炮，洞穿了努尔哈赤后裔的心脏，当珍妃那声凄厉的呼叫，被无情的井水逐渐沉淀成历史的逸闻之际，慈禧太后正扮作农家老媪的惨相，乘骡车仓皇西逃。当她逃至八达岭后，正是夕阳西下之时，天空澄明透彻，一览无余，她就站在这方石头上，回首京师方向良久，她是追悔匆忙间未能把供自己赏心悦目的颐和园带上，还是在发泄不知何时才可重返玉座珠帘的怅然？

哦！好一座写满耻辱的雄关！

青龙桥站台上，高高矗立着詹天佑的铜像，他神态自信、行色匆匆。当年，他凭强烈的民族自尊心和天才的智慧，为贫血、虚弱的中国，首次移植成功了一根钢铁的神经。在修建中国第一条铁路——京张铁路期间，或许于晨昏之间，徘徊于八达岭之上，受到古人某种神奇的启迪，他才大胆地构思了那“人”字形的轨道，在外国工程师一片摇头和哂笑声中，让火车神奇地穿过了雄关险要八达岭，从此，古老的华夏大地上，便有了钢铁的速度。

哦！好一座智慧的雄关！

你轻轻叩问八达岭上每块染过战火的砖石吧！英勇的中华儿女，曾凭借祖先留下的屏障，无数次地抗击日寇铁蹄的践踏，那一面面尚存刀痕的城墙呀！那残存在蒿草丛间长满绿锈的点点弹壳呀！山风拍击城壁，那可是当年中华儿女鏖战时的呐喊？问满山树木为何如此葱郁，问遍野山花为何如此绚烂，请抠起一块鲜血浸染的泥土吧！

哦！好一座壮丽的雄关！

雄关八达岭，古老而威武，智慧而壮丽。她是我们中华民族伟大创造力和生命力的明证。她以雄浑奇伟，昭示着中国早已自立于世界民族之林！

九天银河落长城

若干年前，在那个长烟落日的意境里，当万仞山中的八达岭北门锁钥缓缓关闭，戍守长城的士卒斜倚雉堞，嘴上横着一根笛，似乎吹奏着遥远的乡愁，吹奏着梦里的春闺之人，吹奏着漫漫长夜带来的寂寥与孤独……夜，张开了它黑色的斗篷，向长城飘落。笛声与夜色纠缠着，沉淀、凝固成一页发黄的历史。古人创造的灿烂文明，但只能用太阳的眼睛去观赏。于是一个奇迹，一个在历史肥沃的文化土壤里长出的奇迹，一个古老长城铁干银枝上长出的奇迹，绽放出了颇具东方神韵的奇葩：八达岭灯火长城！

那是九天星河飘落在长城上吗？那是寂寞的嫦娥轻舒广袖时，不慎遗落的一条彩色丝绦吗？哦，六百五十盏彩色泛光灯，用蓝、黄、绿勾画出长城那苍凉而矫健的轮廓，如六百五十朵彩色的浪花，涌动着长城，波浪起伏地向山的那边走去，向夜的深处走去。长城两侧的花草树木，仿佛水底世界里的藻类，静止在彩色而透明的空间中。一切都显得分外妩媚柔和，充满着一种新奇的梦幻般的色彩。

如果把白天的长城比成苏轼大江东去的豪迈；那灯火长城，可是“东风夜放花千树，更吹落，星如雨……风啸声动，玉壶光转，一夜鱼龙舞”的婉约？一千年前的辛稼轩可写的就是今天的夜长城？长城之夜是极生动的。在这样的意境里，也许你突发情致，要轻舒歌喉了。你在世界上最著名的大歌剧院演唱过，可是你在月球上能看到的人类两大奇迹之一的万里长城这个舞台演唱过吗？而且是在大地寂静的夜间？歌醉人，人更醉。人醉在这举世无双的古老舞台，醉在这奇妙无比的夜长城的艺术背景。

若是在霏霏细雨里，徘徊在灯火长城，那更是别有一番情趣。雨丝织就了一幅巨大的柔曼的轻纱，轻轻地笼了长城，笼了长城上的灯火，你与长城仿佛产生了薄薄的一层半透明的艺术距离。站在长城上，又像你与长城很遥远，朦朦胧胧，如仙似幻，如梦如醒。而恰在这时，一阵凉凉的夏风吹来，那雨纱便倏地消失，如精灵。这时候的灯火长城就像刚刚被浣洗过的一般，那么清新而明快，城楼两侧的树叶，经过一阵微微的悸颤，就开始滑落彩色透明的灯光，一滴、两滴……

若是在雪天呢？最好是雪已停了，入夜，覆雪的山野，如同徐徐展开的一幅无边的宣纸，松软而洁白，灯彩的长城，那线条，那色调就显得格外浓重，格外鲜明，仿佛刚刚挥毫而就的泼墨，似乎于静止中还渐渐浸润着一种深远的意境。

若是在月白风清之夜呢？

哦，八达岭夜长城，将你比喻为一首诗，你是一首把古典的情思与现代技法相融合的诗；把你比喻为美妙的音乐，你是一支跳跃着彩色音符的天籁；把你比喻为一种情感，那是当年修筑这座伟大工程的祖先们，透过迷蒙的汗水，对人类未来彩色摇曳的注望。而现代人在灯火长城上，又向更遥远的明天投去更新的更多姿的期待。

长城一万里，文化五千年。长城是中华民族的根，长城是中华民族的魂。万里长城挥动着八达岭夜长城的巨大花环，海内外中华儿女向她奔来，一切善良的爱好和平的人们向她奔来，奔向彩色的未来，奔向彩色的希望。

八达岭夜长城，开创了长城旅游文化的新纪元……

百灵鸟

第一次见到娜仁花是在那天下午。

与客人宴饮间，康西草原总经理老何说："还是叫我们的娜仁花来给大家唱支草原祝酒歌吧！"于是大家来了兴致，一齐扭转脸盯着窗外。窗外，有一丛开得正闹的紫丁香，在晴和的日光下，宛若一团紫色的云絮。正顾盼，忽地就有笑声从墙角那边响来，极脆，像一捧珍珠跌在水泥地面上。一抹天蓝色蒙古裙角一闪，人已进了院，隔着那丛紫丁香的花缝隙，隐隐约约地觉得那位蒙古族少女的笑靥很远，而远处那湛蓝的天空却很近。

娜仁花，这位大草原的女儿楚楚地站在众人的面前。她苗条而颀长的身材，瓜子形而白皙的脸庞，深眼窝里那双眸子，闪耀着成熟的野李子般的光彩。她捧着一条洁白的哈达，哈达上那只雕花的银碗里，盛满了清香的马奶子酒。应该说，那是酒不醉人歌醉人。那是我有生以来第一次听到的最原汁原味的用蒙语唱的蒙古族民歌，就像有人迷恋帕瓦罗蒂的歌声，却听不懂半句词义一样，我被娜仁花那婉转而悠扬的歌声旋律给深深地沉醉了，一时竟感到自己的热血在奔涌，心胸也倏地开阔，整个灵魂都伴着歌声在一种无边无垠的时空中轻轻荡漾。一曲唱罢，满室鸦雀无声，谁还顾得上去饮酒。我的目光投向窗外，一片轻柔的白云静止在远处的晴空，白云下一群群牛羊正在草原上悠闲地吃着草……

草原上的百灵鸟，娜仁花的名字传到海外，是在那年夏天。台湾和大陆六百位青年联谊，最后在塞外康西草原举办《难忘在今宵》节目。夜幕降临，一堆堆篝火燃烧起来，映红了草原的夜空，一对对舞伴翩跹起舞，一支支歌曲在草原上回荡……娜仁花和一个蒙古族小伙子应邀演唱了那支蒙古传统情歌《敖包相会》，那如情似梦的歌声把六百多位青年唱得如醉如痴。

最近见到娜仁花是和电视台去康西草原拍摄风光专题片，需要有牧女骑马的画面。康西草原新近从新疆购来了两匹高大的伊犁马。那天傍晚，夕阳西下之时，摄影机支好了，马也牵来了，但骑手呢？一时大家没了主意。老何又叫来了娜仁花，有些不放心，问了句："敢吗？"娜仁花微微一笑，点点头。她渐渐凑近那马，用手摩挲几下，趁马不备，抓住马鬃，便翻身一跃，动作极灵巧、极优美地坐在了鞍子上。没有扬鞭，那匹枣红马便闪电一样地狂奔起来，似乎整个草原都随着那疾驰的马蹄而旋转。娜仁花那彩色的长裙和头巾像霞光般地飘舞，她骑着马一直驰向官厅湖边，不一会儿，有缥缈的歌声从湖畔随风传来……

那蓝格莹莹的荆梢花哟

是大山悄悄插在头上的簪饰吗？那一丛丛荆梢花开在山梁，开在沟畔，开在其他植物无法落脚生存的崖缝。那穗状的花枝上，缀满蓝雪花形的朵朵，几片鹊爪般的叶子做着陪衬，朴素有如我山里的姐妹，不加任何修饰，纯真热烈又像蓝色的火焰赤裸地燃烧，把山上的石头都熏烤得景泰蓝般发瓷发亮，那特有的馨香浓浓的，又幽幽的，气息极辛凉而芬芳。我敢说，如果把荆梢花中的某些成分提炼出来，制成化妆品，那它将会使所有流行的什么霜之类的东西黯然失味。

那蓝格莹莹的荆梢花哟，曾染蓝过我的童年。

放蜂人来了。

放蜂人像候鸟带着蜂群，从遥远的南方赶来，把帐篷扎在村边，扎在绿荫如伞的大树下。蜂子们飞向灿烂的荆梢花，繁忙地采集那蓝色的情思。"嘤嘤嗡嗡"的鸣叫声，是吟唱的蓝色谣曲吗？寂静的山间喧闹而热烈起来。归巢时，蜂子的腿部挂满蓝色的花粉，沉甸甸的，在空间织出流星闪逝般蓝色的弧线。

摇蜜的日子。

那时，我们最激动，总要折下一枝枝荆梢花，编成帽子，扣在头上，静伏在荆梢花丛中，眼睛紧盯着那架摇蜜机。放蜂人顶着纱的头罩，从蜂箱里提出块蜂巢，抖落或轻轻扫掉上面的蜂子，对着太阳反复地察看过之后，就把它放入摇蜜机内，并摇动把柄，从机器的流蜜眼淌出一线杏黄色的蜜汁，无声地落入桶里，并渐渐粗壮，继而淌成一挂蜜瀑，仍软软的，无声的。一桶蜜流满，放蜂人就将它提到一边再换上另一只空桶，继续重复他的劳动。而此时，我们就把早准备下的野蓖麻秆，悄悄插入满溢着蜜汁的桶里，贪婪地吮吸着。那黏稠而芳香的荆花蜜就汩汩地淌入我们的喉咙，甜透心脾，甜透灵魂。放蜂人是发现不了的，因为我们每个小小的身影，都是一簇簇荆梢花，那许多蜂子就落在我们的花枝上。

而今，我远离了山村，但童年的记忆却是我与那块热土的无形的纽带。每当我来到野外，偶或发现路边一丛盛开着的荆梢花，都仿佛邂逅第一个恋人那样，激动得战栗，并会被勾起无限的遐想……

那蓝格莹莹的荆梢花哟！

我故乡的山里红

重阳九月，山里红熟了，故乡就红了。双脚踏上那片熟稔的土地，心旌就不由摇荡出红色的涟漪……

山野间，到处直立着一棵棵山里红树，密密的匝匝的。它们像痛饮了大碗大碗的太阳酒，支撑不住醉意酡颜，攀肩附背，累累相叠。沉甸甸的果子，融为漫漫红潮，像飘落的云霓霞彩，像村女成熟的羞涩，静静地等待破译。当微风掠过，果木间相互摩擦，便奏出蚕食桑叶、细雨潜行的微妙旋律。于是，一折红色波痕，又一折红色波痕，通电似的闪向远处。空气中弥散着爽爽的清香，酸甜酸甜的。缘一脉溪水，我走入果林，宛如行走于红宝石点缀的长廊，情绪都被染红了。有阳光射过树隙，溪水便淙淙泛着胭脂膏般的波影……

林深处，从突现出的那座童话似的小木屋里，走出个穿红衫的女孩子，脸颊也被映得红红的。她是看林的，见了我一愣，又笑着说："大哥准又闻着山里红味了。你是一年回来一趟。"

我笑了："瞅这树梢，今年你家可又发了。"

她沉吟会儿说："大哥咱再发，也知道这原因是什么。"她的话，极自然，却像擦亮的一根火柴。我的脑袋里，"啪"地闪出一个红红的光点。

她扯我到一片山里红树前，摘下两颗殷红的果子。那果子大而饱满，表皮湿润莹洁，上面点缀着粒粒金星，简直像精美的工艺品。我把果子放入嘴里慢慢咀嚼着，那味道极酸甜酸甜的。我咀嚼着，似乎在咀嚼着故乡的命运。

它是酸酸的。

当年，山里红树被砍了。斧声，满山满谷叮叮当当，如敲响的丧钟，那惨白的木渣，像树的冰冷的泪水。于是，山嶙峋了，水枯涸了。一块块草帽般大的贫瘠的山地上，摇动着一片片枯萎干瘪的谎言。

它又是甜甜的。

远远的，我的故乡，那掩映于山里红林间的村落，被笼罩在氤氲的红晕里。把山坡地分给各家各户，把山上的树木分给各家各户，就等于把山里的日子交到了各家各户的手上了。这里山上的土质，是最适宜成长山里红树的，把当年没砍尽的树重新管起来，把一棵棵山里红幼树栽上。没几年的工夫儿，小村就成了远近闻名的山里红乡，农家的小日子就红红地挂在了树梢上了。

我故乡的山里红。

风雪夜归人

那天，我要早就知道事情的结局会是那样的，我肯定不会卖着命，在山上打下那么多的柴火，更不会专砍那些死沉死沉的野桑树。等我把柴火在背架子上用绳子绑好，努着一把力气，背起柴火开始往家走的时候，天已麻黑了，而且在没有一点征兆中，老天下起了大雪，就像被扯碎的棉花套，无声无息地落了下来，天地间顿时昏暗了许多。

那天我是在距离我家有六七里远的一个叫大河套的地方的山上打柴。现在大河套来旅游的人多了，嫌原来的名字没文化，就改叫大峡谷了。它是我家东边和西南边两条河交汇后流经的一条峡谷。峡谷很长，沿着它一直走就能走到邻县的地界。那景色肯定没说的，两山对峙，一水中流。山很陡峭，也很高，山上的树木和野草长得茂盛，还有很多藤蔓性的植物勾结纠缠在一起，有许多地段因为山挡着，峡谷里终日见不着太阳。那个时候峡谷里的河水很大，河边和河中间有许多被冲洗得锃亮光滑的大石头，河水就穿绕着那些大大小小的石头流淌，因地势的原因，河水会时不时叠起一道瀑布，下面形成深潭，哗哗的水声在静寂的峡谷间就显得十分生动响亮。那个时候，到了夏天，峡谷的下半段几乎是人迹罕至了，只有到了冬季，为了能打到好的柴火，我们才必须去。背着沉重的柴火，踩着峡谷的冰面往家走，背柴过冰瀑，就用镰刀在冰瀑上凿出一磴磴的冰坎，再撒上沙子防滑，才能爬上去。

背着一百多斤的柴火，冒着纷纷扬扬的大雪，走在峡谷的冰面上，脚底下刺溜刺溜地滑，脚落在冰上不敢使真劲，怕踩实了跌倒，那种感觉很不好形容。走着走着，一刺溜，我的右脚还是滑进石头窟窿里，就感觉到一股温热的血从脚脖子上流下来。我咬着牙，拐着腿，在大雪的模糊中向前走。就在脚脖子受伤、疼得钻心的那一刻，我明白了，这天我这么拼命干的那个莫名的冲动是什么了。我们那时高中是在冬季毕业，这次打柴也是我高中毕业的第一个冬天。有消息传来，上面要招收应届高中毕业生当正式老师，于是我和邻村的一个同学就都到八里之外的公社填表报了名，剩下的就是等待公社文教组给大队打电话通知去体检，具体哪天电话通知不定。在那个不讲究学习成绩的年代，我的学习还是挺不错的，曾被学校抓为“白专”转变的典型。我记得在学校全体老师和学生参加的大会上，由我做典型发言。我用四句诗开的头：“看了坏书中毒深，孔孟思想扎下根。批林批孔把我救，决裂孔孟做新人。”当时，正是社会上批判孔孟加林彪势如燎原的时候，学习好的学生叫走“白专道路”，学习不好的大概应该叫“红专道路”了，而“红专”才是革命接班人。通过教育，我属于由“白专”转变好的学生，也是革命接班人。由于我对自己学习的自信，所以在应招老师这件事情上，内心充满了自信和喜悦，干什么都上劲。

背着一百多斤的柴火，拐着受伤的腿，我很晚才撑到了家里。我问我妹今天大队传没传来叫去体检的口信，我妹说没有。这下子我心里就没底了，想走上几里路，去邻村同学家打探消息，又觉得脸上过不去，不去问吧，心里又着实放不下，犹豫了一下，最后只好派我妹去帮我打探消息，这样既不丢人，又能把事办了。我妹回来告诉我，我同学的妹妹告诉她说，他哥今天早上就坐班车到四十公里外的某个镇上去体检了，因为下大雪班车停运，她哥来电话说今晚就住在镇上了。

听完妹妹的话，我内心涌起了一阵绝望和悲凉，但脸上却装出云淡风轻、若无其事的神态。那天夜里的大雪飘飘洒洒，把屋里照得和外面一样白。我彻底失眠了，既然体检没有我，那当老师的希望算是破灭了。我在想问题究竟出在什么地方，我想起了自己的身世。我出生在我们当时叫公社所在地的村里，哥哥、我和妹妹是隔一年出生的，一铺土炕上躺着三个挨肩的孩子，家里是无论如何也养不活的，于是才把我过继给现在的家里。老早以前，我们那块归察哈尔省，伪满洲军带着日本兵占了我家乡，还设了局子。日本一个军衔不大的军官带着老婆住在我老家的西房，当时不让住肯定是不行。就因这事，“文革”时给我生父戴了顶“汉奸”的帽子。我在自己出生的那个村子上的初中，那阵儿，生父正在接受劳动改造，干的是淘大粪的活儿，我去厕所解手时经常能碰见，相互都知道，但只是对视一眼，就都把头别过。而我养父母家却是根红苗正的三代贫农，尽管如此，在那个年代，还能说什么呢？

从没能当上老师那件事，我也明白了，在这个社会上，货分三等价，人分上中下，人与人之间是不平等的，尽管我才一岁多就被过继了，但我却一直拖着生父有历史问题的无形的小尾巴，遇到一定当口，就会被人抓住提起。这个小尾巴被我拖了好多年，好多年，如同白杨树干上状如眼睛的疤痕，那是还是小树时被人砍了一刀，等长到老粗了，那个疤痕的眼睛仍大睁着。

那一片草原，那一片湖（随笔）

边城古道

康西草原边上是一个叫榆林堡的村，据考证，但凡村庄的名字沾“堡”或“屯”什么的，大都跟古代军事有关。榆林堡古时设驿站，明代官称榆林驿，沿榆林驿擦着草原向西是一条笔直的古驿道，这里是西出北京的“阳关”。

站在康西草原上，可望见古驿道旁那座依然屹立的烽火台，沿古驿道西望雾霭沉沉，风烟一片，很能拨动你发千古之幽思的情怀。当年一代天骄的成吉思汗过此挥师南下，元朝皇帝每年两次往返于此道，草原上“飞鸟犹能识衮龙”。明代土木堡之变英宗皇帝就是从这里，走进瓦剌军队的埋伏而被生擒。李自成大军到此，榆林堡率先箪食壶浆以迎王师。慈禧老佛爷庚子蒙难，从北京城仓皇而出，夜宿榆林堡，这条古驿道写下了多少光辉和黯淡的篇章。至于历代的富商巨贾、贩夫走卒，又在古驿道上留下多少悲欢离合的趣闻逸事。

尤其到了深秋，长城外，古道边，衰草碧连天，枯树秃枝，几点寒鸦抖颤于瑟瑟寒风之中，一行行鸿雁鸣叫着飞往山外。黄昏之际，几个人影疲惫地从古驿道的远处晃来，显得那么孤独、落寞，很容易令人联想到马致远的绝句“夕阳西下，断肠人在天涯”的悲怆意境。

而此时，当你发现榆林堡上空的炊烟，即便是一缕，你也会感到是那么温馨，泪水将模糊你的眼睛。

长桥卧波

与康西草原隔湖西望的是一座孤零零的石头山，那山不高，但却十分峭拔，远看似矗立水中，极像一座秀丽的岛屿。但因湖水是专供北京城饮水用的，所以草原这边就没有专供游人过往的船只，令人只得望湖兴叹。

而每当晴好天气，夕阳西下时分，瀑布一样的金辉照射在那座无名的岛屿上，它便被笼入一团绯红的霞霭里。于是，一道弯弯的影子，恰似天降彩虹，极富有魅力地从清澈的湖面上弯过来，衔在草原的边缘，这就是长桥卧波了。由于无名岛屿上岩石突兀，使水中的桥还能显现出桥头、桥栏等形状。一团团轻盈的云，仿佛一群身着白色裙子的活泼女孩，很从容、很优雅地在“桥”上往来，鸥鸟们的鸣啼就成了她们的嬉笑。

而人们却只能站在草原上，让自己的思绪走过水中的“桥”，去游览湖那边的风光。

潮打空城

康西草原边上的官厅湖里淹没着古老的怀来县城。一座城池完完整整地矗立在千顷碧波之下，这恐怕也是罕见的一景了。

寻常的天气是很难看到这一水下奇观的。若想一饱眼福，需在傍晚，而且是有风的傍晚。当然，还要在太阳欲落之际，那时浩渺的湖水被风刮得动荡不已，仿佛钱塘江大潮的来临，隐隐地发出很沉宏的声响，一层层的水波如卷席般地推来，而刹那间又忽地倒卷回去，在这卷来卷去之际，湖水似乎一下子就变浅了，而也就在此时，借夕阳的光线，你便可透视到湖底。那座古老的城池似乎永远是那么年轻，绵亘的城墙如游动的龙蛇，高大的城门在波光之间熠熠闪动，那一条条街道清晰可数，历历在目。一座座屋舍鳞次栉比，俨然如初……若是极晴朗的天气，你能看到湖底城池的影子，影影绰绰地投射在如碧波般的草原上，而且随着潮水的波动，那影子也在晃动。也许，你就站立在那影子之间，一时恍惚，不知自己身处草原还是降临湖底，大有疑仙疑幻之感。

官厅湖水潮打空城，打着一个被淹没的真实，也打着一个空幻的寂寞的美。

大野芳菲

入夏，康西草原像一幅徐徐舒展开的绿色天鹅绒，它绿得那般柔和，那般深情。天空总是那么高远地晴朗着，明蓝得亮闪闪，即使有云也显得轻松和飘逸。踏入草原，你仿佛踏入一个不太真实的梦境，心中感觉到说不出的沉静，四周也都充满了睡意似的悄然无声。

草原上的兰铃花、矢车菊，及那些叫不上名字的闲花野卉，生机无限地竞相开放着，绿草之间，它们仿佛是五彩缤纷的湘绣，一阵阵温热的芳香，随着微风在草原上弥漫开来，使你的内心充满了激动的温馨，野蜂和蝴蝶羽翅上沾满了沉甸甸的花粉，在明亮的空气中飞翔出黄的或蓝的优美的弧线。“日暖鸟声碎”，一群群野百灵、野鹌鹑，伏在草丛下悠扬地啼唱着，仿佛是正开着群鸟的音乐会，而那些水鸟却一动不动地趴在湖边的草丛间，或一窝绵细的沙土上，开始了一年一度的生儿育女的过程。或者，你会发现这样一幅画面：一只喜鹊或其他什么鸟，也许为了铺垫自己的窠巢嘴里衔着一枝野花，落在阔厚的牛背上蹦蹦跳跳雀跃不止，而那头正伏首吃草的牛却浑然不觉缓慢地踱着步子。或者，你正行走间，却突然感觉云彩正在脚下，那是你已临近了一汪水沼，水沼的边缘长满了茂密的花草，一片片的水葫芦仿佛南方池塘里的睡莲一样，在水中浮动，那云就在其间穿行游弋。

漫游的时间稍长了，你会感到太阳的力量令你眩晕，那就找一片白杨林，坐在浓荫下，静静地聆听草原上植物们的那种模糊的私语，而你的整个心灵就渐渐地与大自然融汇于一起了，你将沉入一种彻底无我的意境。

平林烟雨

康西草原东北部长有一片白杨林，从林宛若一片岛屿，与草原的平坦形成了一种视角反差。

晴和的日子，白杨织出一带浓绿，仿佛故意给草原镶嵌出的一道翡翠的边框。而到了雨季，一阵雷声从草原的上空滚过，雨便落下来，最初是稀疏的，打得树叶发出很脆的金属的声响，继而雨大了起来，仿佛千万只透明的手肆意地拨弄着白杨的秀发，随着雨势和风的掠动，白杨的叶子就翻动出忽而墨绿、忽而银白的波浪。

而最多的时候，是和风细雨，那细雨仿佛是从天空中抽出的细密的茧丝，在白杨林的上空精心地编织着，编织出一层如烟似缕的朦胧意境，那一株株白杨干似乎在瞬间都幻化成了仙女，亭亭玉立，头披白纱，站在那里脉脉含情地凝视着……

塞月笼纱

烟笼寒水月笼沙，形容的是秦淮河的夜景，但康西草原的月夜是独具魅力的，它是月光用柔柔的纤指弹拨出的一支无比美妙的小夜曲，相比之下，那热闹的篝火舞会就稍显媚俗了。

此时，你独自漫步在草原上，抬头，那轮古老的月亮就悬挂在不远处古长城的雉堞之上，它把你的思绪一下子就拉入“秦时明月汉时关”的那古老而永恒的意境，但这仅是暂时的，而月在草原上制造出的那种朦胧的氛围，却足可令你沉醉。柔和的月光，仿佛是自天上飘落的薄纱，缥缥缈缈地覆盖了草原，让疲惫一天的草原在透明的衾被中安眠，那梦肯定也是透明的。一株株白杨树干闪烁着银洁的光晕，毡房顶部似乎是一汪凝固不动的水银，花草的叶片间滚动着晶莹的露珠，偶有夜风，便梦呓般滑落。草丛间的昆虫，或水泊里的青蛙，一阵阵鸣叫着，那或粗或细的声音也显得十分清澈与洁净，似乎是吐出的一串串珠玑，叮叮作响。

与草原毗邻的官厅湖，呈现出一种熟睡的安详。笼在湖面上的月光如烟，轻盈而柔和地悬浮着。一切都是静静的。

西山紫云

黄昏中的康西草原如诗似画。

最初，太阳将未落之时燃烧的晚霞，尽情地涂抹着草原上的一切，淡金色的光线仿佛溶液一样，充满温情地流动着，浸润出一片朦胧的氤氲，树木、丛林、毡房都投射出长长的影子。而旁边的湖水颤颤地荡漾出一叠叠绵密的波痕，似乎是一群红鳞浮动在湖面……

太阳落入西山背后的瞬间，天顿时显得高阔，天空中的红色霞霭，一点点地向西边收缩，似乎在追逐着弃它们而去的太阳，最后凝滞在西山的顶巅之上，并逐渐地由红变紫，那紫色的浮云，又变幻出各种的形态，或像一丛丛盛开的紫罗兰，或像一树树紫色的珊瑚，或是条状，横亘着深邃的宁静，或呈块形，静止出一种超然的永恒。

此时，草原也把一种氛围努力地向四周蔓延着，空气特别清澈，如玻璃样透明，从湖边归来的牧女，挥动着鞭子缓缓走近，背后拖曳着一条修长的紫色光带……

霞鹜齐飞

落霞与孤鹜齐飞。

到康西草原游览的人，一般都沉醉于草原的景色，或留恋蒙古包的温馨，其中不免遗憾，其实傍晚时分，穿过草原到湖边观赏一下暮色，那足以使你赏心悦目。

落日熔金，暮云合璧。紧张了一天的大草原沉浸在一种橘红的轻松当中，晚风习习拂过，如一柄透明的梳子轻轻地梳理着草丛，而烟波浩荡的官厅湖被落日的余晖染成猩红，微波不兴，很有些不胜羞怯之感。

这时候，便不知从什么地方飞来了许多水鸟，有银白色的，有黛黑色的，也有驼色的，有的体形健硕，有的又小巧玲珑，它们似乎都饮醉了霞光，起舞翩跹，百态千姿，翔集一起如一片飘动的云彩。而或三五成群鸣叫着冲天而起，盘旋一阵，又猛地坠下，或掠着水面疾飞，做蜻蜓点水，翼翅击动波浪绽开出朵朵晶莹璀璨的水花；或几只栖落在水边的沙洲上，衔一尾小鱼，相互追逐嬉戏，被水浸润过的绵软的细沙上，便留下几行清晰的爪痕，偶或一只栖落水边的石头上，收缩着一只脚爪，做无尽的沉思……

也许，一只或几只晚归的渔船，从远处缓缓地驶来，那鸟群并不惊惶，仍恣意地飞翔着鸣叫，似乎这原本就是它们的世界，直到它们翅膀上的暮色渐渐地浓郁起来……

雪覆穹庐

我爱你，塞北的雪，飘飘洒洒漫山遍野。是的，冬季当你站在康西草原上迎雪而立时，你才真正领略到塞北雪的那种真蕴。

彤云密布之后，天空缓缓地压下来，周围一片昏暗，似乎要没有一座座蒙古包做支点，天空就要与草原合璧了。当一丛丛枯干的芨芨草打过一个冷战，那棉絮般的大雪便纷纷飘落，轻盈而又无声，一夜之间，草原变成了一个粉琢玉砌的世界。最是那一座座的蒙古包，尖顶上覆盖着晶莹的雪絮，仿佛一群风姿绰约、穿着同样服饰的天使突然降临到草原上，无声地顾盼着改变了模样的一切。

雪霁，总是晴好的太阳，它像一位慈祥的老祖母轻轻地为草原罩上一层粉红色的蝉纱。于此时，你走出蒙古包，踩着厚厚的积雪，徜徉在草原上，或一团球状闪电般的东西忽地在眼前一闪而逝，叫你看清晰的仅是一条倒拖着的扫帚般的尾巴，和雪地上一串梅花般的脚印，那是一只火红的狐狸消失于草原的深处；或者，一只活泼可爱的野兔，用红宝石般的眼睛，对你眨一眨，又一纵一纵地逃离开去。

草原是空白的，但在这空白之中，一座座的突兀的蒙古包就像隆起的一团团银白的腹部，正为草原孕育着又一个草长莺飞的季节。

淡蓝的湖

倘若把康西草原比作睫毛，那半月形依傍着草原的官厅湖就是一颗最明亮的瞳眸了。

到过康西草原的人，一般都痴迷于它的辽阔与无垠，或癫狂于纵横驰骋的马背，或站在观景塔上被天空羊群般的云和草原云般的羊群而陶醉，至于看到湖，也仅只一抹淡蓝的溟蒙，甚而有些模糊，极难体会湖水风光的妙处。穿过草原，走一段路，就会到湖边。

若在晴朗的日子，而又无风，湖水就蓝得无垠，蓝得湛，且娴静如处子。稍有细风，如镜的湖面就立即打一个美丽的冷战，之后就会涤荡出一叠叠的浪涌，浪的唇痕是银白色的，带着“啵啵”有节奏的声响，仿佛在不高不低地倾诉绵绵的情怀，而使你感觉到湖水生命的真谛。湖水归复平静之后，岸边的草丛或沙滩上就丢下水的许多脚印：一捧捧的贝壳，或一尾尾大小不一的鱼灿亮如银，挣扎或跳跃着，梦想追从湖水那渐渐远逝的姿影。

最是初夏，飞临湖上的水鸟正到产卵期，整日在湖上飞掠或鸣啼，如拢着的阵云。水鸟们在水边的草丛中做巢，其实就是铺几根衔来的细柴草棍，极简陋，或者干脆以温暖的沙土为家，用自己的爪子或肚子弄出一个凹处，于是，你只要稍加在意，就可捡到一窝窝的水鸟蛋，那蛋若鹌鹑蛋般大小，青灰色的表皮上点缀着星星似的黑斑点。有时，你正行走间，就会蓦地发现一只纯白的水鸟，或一只纯白又带着一圈黑围脖的水鸟，正一动不动地伏在地上，等你行至近前，它才“呼噜”一声飞走，你就能收获一枚或几枚极温热的鸟蛋了。据打鱼或做农事的当地人讲，前几年，水鸟比现在要多，他们都是提着篮子来捡拾鸟蛋的。在湖边，你若赶上一个阴郁的傍晚时分，就能获得这样难忘的印象：天很低，几乎与平阔的水面吻合了，而且都是一个灰蒙蒙的色调构成的苍茫的背景，一只归晚的打鱼船，由远处驶来，顶着斗笠的渔夫，立在船上，倾斜着身子摇桨，两腋下绽露出三角形的远景，船与人仿佛一帧极逼真的剪影。水是眼波横，草似眉睫聚，康西草原映衬了官厅湖，官厅湖明媚了康西草原。

草原与湖水，塞外一副亮丽的眉眼……

缠绵的雨

草原的雨，是极富性格的，仿佛情人耍的一个天真的小阴谋，等醒悟过来，你发现自己早已入情入境了。

天就阴在刹那，草原似乎被装入一只棕色的瓶子内，空明出另一种情绪，刚才还能看到的远山、湖泊褪了色般地隐遁了倩影，取而代之的是一抹灰白的溟蒙，只有勒勒车轧出的路，蜿蜒地伸向草原的深处，仿佛水的影子，白晃晃的。那即将分娩似的云，一点点沉下来，像要急于在青草铺成的产床上临盆，掠过树梢与草尖，阵痛般躁动、翻滚着，所呻吟出的风，使所有飞翔的鸟，都如同挣脱了丝绳的纸鸢，失去重心，仄歪成叫人读不懂的朦胧诗。最初的那阵雷声，如出世的婴儿第一声啼哭，洪亮而悠长，拖着湿润的腔韵。开始的雨滴是稀疏圆润的，落在草丛上砸出瞬间的青色悸颤之后，就怒放开一束束灿亮的白梅，继而，雨滴绵密起来，就编织出了一匹巨幅的白绸，随着风忽东忽西地飘落或抖动，草丛就起伏出忽白忽绿的波痕，一座座蒙古包透明如水泡，草原观景塔桅杆般立着，穿透雨烟的尖顶，闪着极刺眼的银光，草原被一支铿锵的乐曲演奏着……

阵雨过后的草原，使你能感受到那无与伦比的和谐。天空与草原像被缓缓掀开的新出版的画报，一汪汪的水泊，如镜，闪闪发亮；草丛和野花仿佛从梦中醒来，精神得抖擞，绿得令人感动，依偎在花瓣、草叶上的水珠，闪烁着钻石一样的光泽；蒙古包，雨后的蘑菇般像在悄悄地生长着。那轮太阳惴惴地挤出云缝，宛如被纤纤的手指夹住的一只金色线团，并有节奏地抽出了丝丝缕缕的太阳雨，斜斜地，经远处绽露出的那抹蓝天的折射，又由金而蓝，像个深怕踩疼梦幻的小女孩，提着蓝色的裙袂，在草原上蹑足而行，盈盈的。有虹，自东而西地铺展过来，如七彩丝绦拧成的篮子的柄，把花篮般的草原轻轻地提起，而你这时，如一只蜻蜓，或一只蝶，伏在自己也不知的哪片草上，被极温柔地悠来荡去，整个身心都已融化在清新而恬静的感觉之中了。

康西草原的雨，能使你充分体验到生命的解放与高扬，也能使你深入一种音乐般的温馨，草原的雨……

浸色的黄昏

或许你去泰山观过日出；到石头城鸡鸣寺听过钟声；或许你在灯光桨影里的秦淮河荡过画舫；追踪过朱自清先生笔下那醉人的绿，但你若没在康西草原看过日落时的黄昏，那不能不说是件憾事。

当夕阳西下之际，你伫立在辽阔的草原上，头上的天空像被谁倏地抖开一幅巨大的红绸子，红得鲜亮，红得柔和，似乎还在微微颤动着，而悬挂在草原边缘的那颗太阳如一枚硕大的熟透的金橘，那鲜红的涌动着的汁液，仿佛正顽强地挤破那层皮壳的禁锢，慢慢地洇了出来，化作一片片花事正兴的玫瑰园，而灼灼地热烈。随着夕阳的渐渐西坠，天空那红绸子似的霞光变薄了，如蝉翼，颜色也淡了。这个时候，你会骤然觉得胸襟开阔，远处官厅湖变成一条浅蓝色，如线似缕，宛如被两个顽皮的孩子各执一端，在与急欲坠下的夕阳开着善意的玩笑，它稍接近那条浅蓝，就会被忽地弹动起来，其间，便闪出亮亮的一隙。在夕晖强烈的反照之中，草原边缘与地接吻处的那几株白杨树就显得突然长高了似的，大草原天低野旷，一派深沉……此时，矗立在古驿道旁边的烽火台被涂了一抹夕阳，它像一位风烛残年的历史老人陷入黄昏中的回忆，它是回想到当年车辚辚马萧萧穿越草原时的盛景，抑或是又忆起天涯游子羁旅时的惆怅？也许是它仍然激动于驿站那一袅炊烟为仆仆征尘带来的喜悦与安慰。

而当夕阳彻底没入西山的背后，整个草原就都被橘红的暮霭统治了。官厅湖上落霞与孤鹜齐飞，渔歌唱晚，响彻草原之畔。草原在神秘的寂静中，仿佛是潺潺的流水，突然飘来袅袅的乐音，像雨丝的飘浮，像树叶的颤动，像鸟儿翅膀的欲搏……朦胧中，只见牧群从湖滨缓缓归来，牛的哞哞与羊的咩咩声顿时打破了草原的沉静。那骑着马的牧女，彩色的头巾和衣裙，像一团忽明忽暗的霞光。在牧鞭轻轻的挥动之间，那清脆的迷人的歌声也抑扬顿挫地起伏着。也许，她在抒发一天劳作之后的喜悦，或许，她正在为晚上将与情人一起参加篝火舞会而莫名激动，而转瞬间她与自己的牧群又在暮霭里消融了，仿佛是迷离的梦境。只有那只牧犬在追逐一只彩蝶之际，却失去了牧群的方向，它扬起头用鼻子嗅嗅，又晃动几下花环似的尾巴之后，撒开腿，箭一样地朝牧群消失的远处射去……

仿佛降下帷幕，一阵从湖上吹来的带着水腥味的晚风掠过草原，那渐浓的暮色便徐徐地滑落，而后，其他景物都显得模糊不清了，只有蒙古包的穹顶仍闪耀着一抹又一抹白色的光亮。一只夜鸟的叫声像是从很远的地方飘来，颤悠悠的。

追寻灵动的风景

白色鸟

我老家就藏在燕山皱褶的深处，是个只有十多户人家建制村下面的一个自然村，小时候那里只有我家一户人家。自然环境是好极了，按现在的话说就是世外桃源什么的。我家东侧坎下是一条小河，西南也流过来一条小河，两条小河，在我家南面不远处交汇后，一转身就拐向东面的一条很深的河谷，小时候管它叫大河套。两条小河交汇的地方，形成了“丫”字形的河谷地。从我家望过去，“丫”字分叉的地方，无论空间还是地势，在我们那里都能称得上很开阔的地方了，我们俗称它为南河套。

我老家除了山，还是山。那时候还不懂什么叫寂寞，但就是觉得憋得慌，我经常一个人坐在门口台阶上，手支着下巴，目光越过空旷的南河套，最后落在挺南边的那座最高的山上，胡思乱想着如果有一天站在山顶上，看山的更南边，不知道能看到什么。当时，如果没有老家山上、河谷里的鸟陪伴着，我都不知道我的童年应该怎么过。由此，也养成了我对鸟的那种偏执的热爱。发现白色鸟的那年夏天，我正在上小学三年级，每天都要踩着踏石小心翼翼地走过两条河，才能到学校，放学回家，也是如此。

在我上学的路上，就是在那片“丫”字形被称为很开阔的河谷，我第一次发现了白色鸟。一共两只，一只体形如鬣雀大小，通体纯白，尾巴拖着两条超过身体几倍的羽翎；另一只体态较小，尾巴上没有好看的羽翎，但羽毛闪着蓝黑的金属光泽，胸部也是白色的。它们先是在河谷边茂密的树丛间飞来飞去，偶尔也跃上枝头小憩一会儿，在树的浓绿的盖头上精灵一样地忽闪着，就像林中仙子。过不大会儿，那只白色的跃起身，向东边的河谷飞去，飞得不高，速度也比较缓慢，随着飞动，摇曳的长尾，就像两根风筝飘带轻轻地抖动着，在绿色河谷的空间，显得十分亮眼。那天的课，老师到底在讲什么，可能连一个字都没能进入我的脑子。随着老师的粉笔在黑板上的滑动，白色鸟的长尾就在我眼前飞来飞去。后来，我去向村人打听这种鸟的名字，有告诉说叫“线鸟”，也许因为它拖着长长的尾翎才这么叫的吧。我怀揣着一个自认为是天大的秘密，谁也没告诉，每天很激动地走在上学的路上，在河谷边那片栗子树林里又看见了它们的几次出没，据我掏鸟的经验，判断出它们一定就住在附近，现在又正是孵化小鸟的季节，只要有耐心就一定能发现它们的家。

背着家里，我决定逃学去找白色鸟的家。那天顶着大晌午毒辣的太阳，我戴着用荆条花编制的帽子，就悄悄地伏在那片栗子林下的草丛里。等了不知多久，一刹那，我嗓子发干，并且清晰地听到自己很响亮的心跳声，那只白色鸟果然出现了，还有那只蓝黑色的。我看见它们嘴里叼着东西，两只鸟先站在一棵树上警惕地观察四周后，才一前一后地飞向距我不远处的那棵栗子树，那只白色鸟翘动着长尾，落在一个斜长的树杈上，我终于看到了它们的窝。等那对大鸟飞走后，我爬上了栗子树，在两个枝杈间，我看到鸟窝是用树皮和草叶搭建的，像个杯子，窝里的小鸟大概以为大鸟又回来了，四只绒白的球球，立刻张开蜡黄的小嘴，冲我喳喳地叫着。

我想把小鸟掏回去养，但最终没有把握是不是能养活，去问村人，有人告诉我一个办法，可以把鸟窝和小鸟放在笼子里，还挂在那个树杈上，等大鸟帮着养大再带回家。于是我带着用高粱秆扎的鸟笼子，又爬上了那棵栗子树，可正赶上白色鸟打食回来，我从未想到这种鸟当发现被侵害时，表现得那么凶狠。两只鸟在我头上，火烧一样地鸣叫着，声音清脆明亮，不住地上下翻飞用嘴和翅膀又啄又扑，弄得我差点手一松从树上跌下来，那场面颇有些惊心动魄。近距离，我看到白色鸟头上竖起的羽毛，蓝色三角形宽阔的嘴巴，暗褐色的眼睛高粱粒那么大小，喷射着鸟类的怒火。但我还是完成了自己的计划，那天我走出很远，还能听到身后来自那棵栗子树上的白色鸟夫妻愤怒的鸣叫。

自后，每天上学路过那片河谷，我都像偷了别人东西又藏在某个地方的贼，怕被别人发现，又忍不住地朝那棵栗子树方向偷看几眼。但我一直估摸着，我的小白色鸟长多大了，内心总是充满了一个孩子期盼的快乐。一天夜里，大风裹着大雨袭击了那片河谷，我很不放心，第二天早上，我爬上了那棵湿漉漉的栗子树，眼前的情景叫我愣住了，我的鸟笼还挂在树杈上，鸟窝也还在笼子里，但里面的小鸟却不见了，是刚一开始就让大鸟给搬走了，还是在风雨之夜给搬走的？鸟笼子的空隙不是很大，白色鸟又是怎么做到的呢？我的心被掏空了一半。从此，上下学路过那片河谷，我再也没看到过白色鸟，再问其他人，说也没看见过。那年我惆怅了整整一个夏天。

很多年过去了，我有了电脑，开始查找关于白色鸟的资料，才了解到这种鸟的学名叫寿带鸟，具有吉祥、长寿的象征意义。

也是书画艺术家们最为喜爱的创作题材。

黄色鸟

很多年后才知道，小时候被我们叫作“黄的噜”的鸟，学名应该叫黄鹂，而且是冬去夏来的候鸟。

我的小学孤零零地建在一个山坳里，老师是从挺远的山外来的，听说是高中毕业生。他一个人教我们分为六个年级的十多个孩子。那当儿，我们就语文和数学两门课，语文课本上除了伟人的语录就是语录，至于知道说杜甫的“两个黄鹂鸣翠柳”，还有自唐代到宋朝那么多诗词大家都写过黄鹂鸟，还流传至今，已然是好多年以后的事了。陶渊明所写的“不知有汉，无论魏晋”，说的地方也包括我们那里。后来，据我估计，当时我们的老师也不知道杜甫是谁，当然他也一定不知道黄色鸟的学名应该叫黄鹂了。

于是我们就管它叫“黄的噜”。当时，黄色鸟在每年五六月份的样子，不知从什么地方就飞到我老家，从翠绿翠绿的山野间和村庄周围的树上飞过，就会在空中划出一道道明黄亮丽的线条，有一种无法比喻的美。从体态上看，它没有黑色鸏雀长得那么匀称，它的嘴巴粗壮并且和脑袋的长度差不多，尾巴稍显尖却不是很长，在浑身的明黄艳丽之间，头后和尾巴上都点缀着黑色条纹。它的生性习惯显得很矛盾，既喜欢接近人间烟火，又十分羞涩。说它喜欢人间烟火，是喜欢在村庄周围的大栗子树上筑巢安家，而且一定是在栗子树的飘杈上，按科技解释说就是水平杈上，修筑吊篮形状的窝，它简直可以称得上是建筑工艺大师，你不知道它从什么地方叼来的麻丝掺和着有韧性的草，硬是把窝紧紧地捆绑在树的枝丫间，结构紧密，外部光滑，就像一个精心编制的工艺品吊在很细的树枝上，再淘气的孩子，能爬上悬崖掏鹰，但要想掏黄色鸟，仰头看着颤悠的窝，那想法就没了。讲到它的羞涩，你很少看见它在地面活动，更不近人，一般只在树杈之间觅食，当然它也吃一些山上的浆果。

把黄色鸟比喻为大自然的“歌唱家”那是自古至今被公认的，从古代的诗词中什么“鸣”和“啼”的动词中体味，你得结合着诗中对环境的描写，慢慢悟出它声音的优美动听，而现代文字描写得就更直接，“鸣声圆润嘹亮，低昂有致，富有韵律，非常清脆，极其优美，十分悦耳动听”。这些用词都没问题，只是似乎太文体化了。已经说到黄色鸟的羞涩，它鸣或啼时，很少被人看见身影，一般都是躲在树林或林地的浓阴处，把很明亮的声音传出来，它叫出的婉转的语意，除了人工受训的八哥外，在鸟类当中无出其右，被誉为“歌唱家”名副其实。当时，村民都能破解它音调中的语意。一种叫声里清晰地说的是“光棍老绝户，喳——”，每当它叫出这一声，村里那些没娶上媳妇的光棍汉们，或正在山坡地上干活，或在树荫下歇晌，听到后，就会脸阴似水地嘟哝一句“他妈的破鸟”，或者弯腰捡起一块小石头朝着树荫扔过去。大概在七十年代末，从台湾传过来一首叙事民歌，叫《蜗牛与黄鹂鸟》，当时听了感觉就很别扭，一个天上，一个地下，那么丑陋的蜗牛和黄鹂鸟怎么能联系在一起呢？但其中一句歌词“葡萄成熟还早得很呢”点醒了我。我就亲眼看到过黄色鸟啄食山葡萄和桑葚。每到六月份，我老家山间沟谷的野桑葚就熟了，有白的、有红的和黑的。我们这些孩子放学后，说是背着筐去打猪草，其实都是奔着桑葚去的。我们骑在桑树上敞开肚皮吃，吃了黑桑葚就个个成了“乌嘴驴”。但谁也不会想到，我们已经侵袭了黄色鸟的领地，在跟它抢食，往往这时就会从不远处的树荫深处传来叫声，先是一句“你吃桑葚黑屁股”，接着又一句“我吃桑葚油得噜，喳——”。受到了它的侮辱，我们就很不服，跳下树来，朝着声音传来的方向，大声对骂道：“我吃桑葚油得噜，你吃桑葚黑屁股，喳——”，或者是受到了惊吓，一会儿就从更远的树林里传来它的叫声，里面含着一种淡淡的委屈的韵味，并且显得十分飘忽。

现在有许多爱鸟者，在野外偷偷地录下黄色鸟的鸣啼，回到家再放着听。而我只怀念在山野和村庄的背景下，我童年记忆中黄色鸟自然的歌声。

蓝色鸟

童年，最大的趣事莫过于掏鸟了。

故乡是个弹丸小村，背倚半屏青山，俯临清水一脉。山不高不险，但到夏季却翠得可爱，水不深不阔，但总清浅浅地流着幽静。山上，鸟多；水边，鸟也多。又为那山那水点缀了若干灵气。

我家东面是一条小河形成的河湾，河水流动缓慢，但清澈见底，那些长不大的小野鱼和虾就在水中游动，在河中和河边有许多大石头，有黑色的，有米色的，还有青色的，经年累月被河水打磨的十分光滑，河的两岸生长着茂密的水草和稀疏的树林。在河的右岸，排着一列山峦，到了炎热的夏天就会给河边投下一弯浓浓的清凉的阴影，这是蓝色鸟最喜欢的生活环境。蓝色鸟其实就是翠鸟，那个时候，村人管翠鸟叫“臭翠”，为什么要加一个“臭”字呢？多年后我才弄明白，翠鸟吃河里的鱼虾，肯定带着腥味，而山里人没有吃鱼虾的习惯，把闻到的异味，一般笼统称之为“臭”，这样翠鸟就担了个不应该担的略带贬义的名称。但无论香与臭，我就称之为蓝色鸟，它是令我童年最痴迷的一种鸟。它头上的羽毛是橄榄色的，而全身是湛蓝湛蓝的，就像披了一件蓝得闪亮的外罩，杏红色的胸毛和脚爪就是它的内衣和穿着的小红皮鞋，她的尾巴很短，但总翘着，打开来呈扇形，小巧玲珑的躯体，配以绚烂鲜明的毛色，她就是大自然鸟类中气质高贵的小姐。但它也有缺陷，长着一只粗壮而尖长的酷似啄木鸟的尖嘴，与身体其他部位显得不谐调。也许任何美的东西都会存在这样的问题，据传中国古代四大美女，也都有瑕疵，杨玉环有狐臭，西施脚大，世界上很难有十全十美的人和事物，也许缺陷本身就是一种美，就像维纳斯的断臂。我想蓝色鸟也是。

因为它与生俱来的高贵气质，所以它与一般俗鸟的生活习性，大有不同，它在村庄周围生活，但它绝不跟人亲近，在有多人的地方偶尔能看见它的影子也是一闪而过；再有，它从不高飞，也不往山上飞，更不往什么杨树和柳树等较高的树上落，它就在河边低矮稀疏的树上，野苇子秆上或大石头上栖息，静若处子，就像悄然盛开出的蓝幽幽的小花朵。它机警异常，听觉和视觉都是一流，你发现它站在那里，想悄悄靠近它，即使脚步再轻，呼吸压得再低，也是痴心枉然，容不得你眨眼就不见了。它是天生的捕鱼高手，站在那里一动不动地注视着平静的水面，能从水纹细微的变化中判断出鱼虾的存在，双腿一蹬，一只蓝色光影就扎进水中，稍许，嘴里叼着小鱼或虾钻出水面，抖落一下羽毛，飞走了。它经常在清晨的小河上出现，那时，村边的小河上面笼着层松松的薄雾，宛若村女浣洗后晾晒在水草尖上的白纱，蓝色鸟贴着水面或顺或逆地穿飞，如织布穿梭，把一串银叮叮的声韵，匀匀地撒在雾里。

一直想掏一窝蓝色鸟自己养着玩的想法，煎熬得我才下眉头又上心头，但它不在树上筑巢，它的家又在何处？发现它的居所纯属偶然，家里叫我弄点黄土垫灶火坑，我背着筐，来到了村西的黄土塘。那时农村还不时兴用水泥，村里盖房或搞其他建筑，都用黄土和泥抹墙，脱坯搭炕，于是，时间长了村西边上就出现了一处被挖掘得很凹陷的土塘，土塘很深，经年累月，周遭的塘壁如墙，既坚实，又光滑，似用夯砸过一般。在塘壁间，我发现了一个圆圆的锹把粗的洞眼，往里看很深，什么也看不见，但在洞眼口，我看见了淋漓的白色鸟粪，还有两片蓝色的羽毛，我想这一定就是蓝色鸟的家了。

一天晌午，天很热，大人们正歇晌。我断定这么热的天气，蓝色鸟一定正呆在窝里歇凉，便约了几个孩子带着镢头和铁锹，来到了黄土塘。我们从发现的那个洞眼的上方，又刨又挖，追出去足足有一米多，才挖到了那个洞的尽头，用手扒去浮土，才发现那个洞又岔开三个小洞，防着蓝色鸟飞跑，便堵了两个，只挖一处，掏出四枚蓝色鸟蛋，它和蓝色鸟的羽毛不一样，是雨过天晴天空呈现出的那种嫩蓝，像宝石。又掘第二个小洞，里面却是一堆白色的鸟粪。当挖到第三个小洞时，终于捉到了那对鸟夫妻。第三个小洞呈穹窿形，比前两个宽阔，土壁光滑，且铺垫着一层细细的沙子，看来蓝色鸟的家建筑得很讲究，有主卧，有育婴室，还有厕所。我们抓住的那对蓝色鸟夫妻萎缩在我们手里，抚摸着以前只能远远看到的漂亮毛羽，我们为第一次能亲密接触它而满心惊喜，而它们的眼睛里却流露出无限的惊恐，能感到身子的颤抖。很快，我们的惊喜就都烟消云散了，我们看到了蓝色鸟的那又长又尖的嘴，已经被磨得又秃又短了，这是它在建设自己家园时留下的痕迹，它得需要用多长的时间，才能在这坚硬的土塘上，一点点地用嘴凿出自己的家呢？看着眼前被挖掘得乱塌塌的洞穴，看着它已变得秃而短的嘴，我们都像刚犯了罪似的，谁也不说话了。沉默了一阵儿，我们手一松便放了那对蓝色鸟夫妻，它们在自己家的上空盘旋了一圈，便向远处飞去了。

若干年后，我做了教师，在家乡的小县城教书。妻也是教师，教音乐，好长一段时间，我们近在咫尺，却不得不扮演着天河配的角色，原因极简单，没房！排队等分房？站在我前头的许多老教师头发都排白了，还在那儿翘首以待呢；租赁附近的民房？房租太贵，况且，还得与房东融洽关系，否则，不是看脸色，就是被扫地出门。正在我们进退维谷之间，政策就那么一松，私人可建住宅。数点囊中，羞涩至极，怕是都不够盖个鸡窝的，但事逼至此，也只可大胆地朝前走。我和妻东挪西借好不容易筹措了一笔钱，心一横，牙一咬，也是为子孙后代计，盖房！宅基地批下之后，为能省下几个钱，能不找人的就自己干，购砖运瓦，推水泥，求爷爷，告奶奶，我和妻几乎把每寸业余时间都挤出了汗。半年过去了，一幢我们自认为漂亮的新居站立起来，但我和妻一下子却显得糙老了许多。

乔迁，是在一个晚上。待送走前来贺喜的客人，夜已深了，躺在床上，闻着油漆和木材散发出的气味，我睡不着，妻也睡不着，仿佛一对盼新年的孩子，内心有说不出的喜悦。灯光下，我抚摸着妻的手，妻抚摸着我的手，我的手，长出一层硬得发亮的老茧，妻那双原来在琴键上灵活舞动的纤纤细手，竟如枯枝，我们的手似乎都变得又秃又短了许多。我无言，妻也无言，我们只让手与手默默地交流着一种复杂的情感。过了许久，许久，妻才朝我绽出一抹幻想般的微笑说：如果现在来一帮强盗，什么话也不讲，就动手拆毁我们的新房，你该怎么办？我不知妻何以会提出如此荒诞的问题，但她的话却使我蓦地忆起童年的那个晌午，我便哑然了。

这一夜，我毫无睡意，一对失掉家园的蓝色鸟，总在我的幻觉里飞动着，飞动着。回首往事如烟，但只有永远长不大的童年，如灿亮的珍珠，在记忆的河滩上闪烁，而那许多童趣性的残忍，足够忏悔终生了。

那蓝色的鸟啊……

黑色鸟

我小的时候，老家院里有棵大香椿树，褐色的树干，长得老高老高的，朝着我家窗子的树枝间，住着一窝鬣雀，它每年从遥远的南方飞回来，都住在老窝里，就像我们家的成员。鬣雀也被称作“农家鸟”，喜欢在村庄周围或村中的大树上筑巢，也就是喜欢掺和农家的生活，每年的五月前后，它就特别忙乎。那时候村里日子穷，农民家里没挂钟什么的，有公鸡叫早，当然鬣雀也跟着叫早。一听到它清脆明亮的啼叫，村里就会响起一阵阵的开门声。庄户人一天的日子就在鬣雀的鸣叫声中开始了。

那时每临黎明，我家的鬣雀就站在香椿树梢上，“大姑儿，大姑儿”清亮亮地啼叫，那语音真切的，像学话的孩子，波动着水音，极悦耳。这个时候，我总要被唤醒，窗纸泛白，屋内的器物，渐渐凸现出轮廓。爷爷裸着上身，趴在炕沿上“吧嗒吧嗒”地抽着旱烟，烟袋锅里红红的火亮，一闪闪的。而奶奶已在外屋一边点着灶火，一边叫我的奶名，催我起炕。

“大姑儿！大姑儿！”

我的小心眼就滴溜溜地颤悠，不用催也躺不住了，披衣下炕。看见奶奶坐在蒲草团上，一把把烧火，红艳艳的火苗，把她满脸的皱褶，映射的极生动。锅内“噗噗”地往出冒白气。奶奶总习惯性地挥挥手，赶那水汽，又冲我那么极慈爱地一笑说：“小孩子早睡早起，扒开两眼欢欢喜。”奶奶很温馨。我总要揉揉惺忪的睡眼，冲奶奶一笑，便脚蹬门槛子，望那树上欢叫着的鬣雀。黎明之际，山影阴阴的凉，树影也阴阴的凉，那薄荷般的空气，清凉凉的，吸上两口，身子就不由得打个冷战，残存的睡意顿时全消了，就觉得自己变得透明了许多。“大姑儿！大姑儿！”听着这亲切熟悉的叫声，奶奶就会在身后说：“鬣雀可是好鸟，鬣雀可是好鸟。”奶奶这句话，不知对我磨叨过多少遍了。也是，在山里众多的鸟类里，它称得上是佼佼者，体形优美匀称，尾巴不长不短，尾尖上还分着剪刀形的叉儿，脚爪如铁，浑身上下黑色羽毛闪着金属般的光泽，在阳光下直打闪，又圆又亮的眼睛，在平静中透射着机警的光芒，它堪称大自然中的黑色精灵。

有一夜，大风雨过后，天刚放亮，我家的黧雀就叫得火烧火燎，让人听了心焦。奶奶放下烧火棍说，准是风把小鸟给刮下来了。于是，我和奶奶就去香椿树下乱乎乎的香椿叶子里寻找，果然找到两只才刚长全毛的小黧雀，但是还不会飞，实在可爱极了。我想留下来自己养，奶奶说，甭糟害它，它吃活食，养不活的，再说它也不吃庄稼，把它们送回窝里去吧。我就听信了奶奶的话，把小鸟扣在帽子里，甩了鞋，一撅屁股，就爬上了大香椿树，踩着树杈，小心翼翼地把两只可爱的小鸟放回到窝里。那两只大鸟就站在树杈上，用明亮的眼睛看着我完成了这一切。不知道为什么，好几天，我的内心都充满着说不出的快乐。

黧雀是鹰隼的天敌。一天晌午，我目睹了一场激烈的空中鏖战。我家的一只母鸡，去野外觅食，被一只凶恶的老鹰捉去了，待我家香椿树上那对黧雀发现后，老鹰已抓着猎物飞向空中，因为负重，飞得很迟缓，这时那对黧雀就像射出的两支黑色利箭，向老鹰“嗖”地射了上去，一路叫喊的不是“大姑儿，大姑儿”的鸣叫，而是发出急促的“打打打打”愤怒的叫声。两只黧雀矫健灵活，动作敏捷，互相配合，前后俯冲，或用尖嘴啄，或用利爪抓，或用铁翅拍击，打得老鹰晕头转向。精彩的空中激战，又招来了几路黧雀，还有“呼不喇”鸟、黄鹂鸟和喜鹊们也都纷纷参战，那场面简直精彩极了。那老鹰虽然体大凶猛，但腾不开嘴爪，攻击者又多，颇有些好汉难敌众手，折腾一阵儿，嘴一松，飘下几片残毛败絮，冲开众鸟的围攻，落荒而逃。我家的那只鸡，从空中直直地坠在了地上。

奶奶捡起那只死鸡，心疼地说，可惜了，还正下蛋呢。接着又说，不怨黧雀，往常甭让它瞄着鹰的影子，刚才准是给小鸟打食去了，黧雀可是好鸟。到现在我也弄不明白，为什么老鹰的天敌是黧雀。为什么它在打更时叫出的是“大姑儿，大姑儿”的腔调，而发现老鹰冲向空中时，却能发出“打打打”的叫喊，难道它们真的懂人性？若干年过去了，一次我从城里回到老家，黎明时，恍惚又转回童年，但呆望着泛白的窗纸，却再也听不到奶奶那充满温馨的呼唤，闻不到爷爷那浓烈的旱烟味道。不知在什么时候，院里那棵大香椿树也早就死了，那窝久住的鸏雀，就再也没有出现过。

我那美妙的童年，我那睡眼惺忪而温馨的黎明，还有传出的那鸏雀的叫声，如影相随地追着我，而挥之不去。

小说

英雄

后来，我对1973年有着某种本能的恐惧。在那个刻骨铭心的秋天，这个世界上我最深爱着的祖母，用她的一双小脚，很艰难地走到了她人生的第六十七年的最后一天。

事实上，当我从四十里外就读高中的小镇，赶到她的跟前，已在时间那边上路的她，又决然地返了回来。据很多在场人事后回忆，都说这是个奇迹。但当时她确实睁开了眼睛像冬天那不可多得的温暖的太阳似的照耀着我，她说："常去山上看看你姨奶奶。"和她活着要出远门时留下句叮嘱一样，说完，她真走了。这样的叙述有点像魔幻小说的情节，事实上，世界上的许多事本身就充满了魔幻。只是人们还不能清楚地认识，比如人是万物之灵长，但为什么当地震来临，连耗子都知道，而人却没感觉呢？

我祖母对我的嘱托，也就是山上住着的那个我的姨奶奶，1973年的时候，对她的认识总觉得有一团雾包裹着，充满着神秘，因为她做的行当本身就具备着神秘。在我的记忆里，对她有三个印象的片段。据我祖母活着时念叨，很早以前，我的姨奶奶在我们那个山圈里，绝对是个极俊俏的女子，祖母形容她的脸像水豆腐，这个比喻太贴近生活，我今天形容我的姨奶奶，她就是我们山里最纯净的山泉水做的骨肉。至于她是否有一条清澈如溪的嗓子，是否会唱山歌，祖母没讲过，我也不知道。最早了解的是她在我家乡的那座莲花山上出家做尼姑。但她刻在我小时候的记忆，其中一次她下山卖香烛，一身瓦青色的道服，顶着道帽，穿着粗糙的布鞋，打着八路军那种绑腿，浑身全部的灰暗，就衬托出了她的脸牙雕般的白。那种白深深地刺进了我的灵魂，至今，我仍认为在我后来所见到过的白当中，都不具备她的那种白的磁性的诱惑。再有就到了"文革"时期，我的姨奶奶被赶下山来挨斗，她的腰身弯得有点像舞蹈演员，我真正懂得形体曲线美，应该是她的启蒙。那天，她被人打了嘴巴，一线很鲜艳的血，顺着她的嘴角淌了下来，弯弯的如一道虹，但当抬起头，她的眼睛仍然无怨无恨地闪亮着。

最后的一个片段，是一个英雄和美女的故事。我听祖母讲述的，现在我只负责转述一遍。

1943年那个夏天的下午，与历史上所有夏天的下午不会有太大的区别，太阳歹毒地晒着，河流很平静地淌着，山坳里几户人家房顶上浮动着一种瓦蓝的气体。我勤劳的祖父也许在东坡，也许在西沟正努力地锄着棒子地，脑袋流下的汗水溅到泥土上，也肯定吱吱直响。我们家那条老黄狗，微眯着眼睛卧在北屋的墙根下，充分地享受着1943年夏天的阳光。坐在大门口树荫下的我的祖母，那时候，还是个很年轻俊俏的媳妇，正"哧哧"地纳着石纳帮鞋底儿，我想象她的臂膊一定比舞蹈还优美地抑扬起伏。

一小队灰军装从我们小村上边的山道上，曲里拐弯时隐时现地走了下来。带头的大个子足有1.9米高，头上戴着我至今都忒喜欢的八路军灰军帽，上面有两颗黑扣，是竖着缀的，打着绑腿，腰间一边别着一把盒子枪。在我的想象中，枪把上肯定系着鲜艳的红绸子布，可我祖母说就是黑了吧唧油光锃亮的皮条子。

他就是1943年我们那块儿的游击队队长孟长青，是个吃铁屙钢撒尿滋塌墙的汉子，十六岁时就敢带人砸了驻在乡里的日本人和伪满洲军的局子。他后边跟着的那七八个人，按现在的说法，有点惨，个子高高低低，肩上扛的家伙也是土洋结合。

我们家的那条老黄狗闻听脚步声，立时纵身而起，抖掉沾满阳光的狗毛全部竖立起来，但当它凶狠的吠声刚一发出，就滚过一阵雷鸣般"老姐姐"的叫声，老黄狗蔫巴出溜地又趴回了原地。我祖母抬头一看，便收了手中的针线，说了句："坐吧！"

"不坐，渴！"

以孟长青为首的七八个人像奔跑了一天的大牲口，抄起水瓢，围住水缸，一阵咕咚，我们家的一缸水剩了半缸。

我祖母说："慢点喝，别呛了肺。"

孟长青说："脑袋都在腰里掖着，肺算个屎！"

七八个人在我们家的门台阶、碾盘上或坐或仰地抽开了旱烟。

我祖母问："今儿个，你们咋都穿了新衣服？"

"我们都要正规了。"

"哪个队伍？"

"老十团。"

"驻地？"

"热河。"

孟长青抬头朝远处的山看了眼说："要是顺当了，后天一擦黑准到部队。"

"今儿个这么早，先不急着赶路，在这儿吃完后晌饭再走。"我祖母说。

孟长青摘了帽子，一摸铁青的头皮，"嘿嘿"地乐了："跟这儿喝口水就上路，路过香儿他们那儿我想歇一夜。"

孟长青说的"香儿"就是我的姨奶奶。好人没好命，鲜花插狗屎，为了几吊钱，我奶奶的爹硬是把我姨奶奶嫁给了一个大烟鬼。那家伙大烟抽得尿尿湿脚背儿，迎风流眼泪，躺在炕上喘粗气儿，又比我姨奶奶大二十四岁，俩人甭说有爱情了，就是色情也差着行市。英雄爱美人，美人慕英雄，孟长青挂拉上了我姨奶奶。至于在那年代里他们如何烈火干柴，一个是我心目中的英雄，一个是我长辈，说细了就太那个了。

我祖母沉默了半天说了句："你不怕？"

"打得他满地找蛋！"孟长青往地上啐了口唾沫。其实，他误解了我祖母的话意，我祖母是说他们家那儿，离怀柔和永宁两地的鬼子据点太近，不安全，可孟长青以为怕的是大烟鬼。

若干年之后，我祖母对我描述以上情节时，她已是个老太太了，又是那种没有什么文化的山村老太太。她的嘴有点瘪，但她的记性不差，特别有一个细节，她不知道絮叨了多少遍。她说，那天孟长青从我家走后，一件令人不解的事情发生了。我家的那条特灵性的老黄狗，突然一反常态，像狼那样两条后腿直立起来，冲天狂吠。那腔调如泣如诉，那声音青天白日的叫人浑身起鸡皮疙瘩。就在黄狗长腔短调时，孟长青等一行人还没走出我家的视线。

关于孟长青的故事，有时真实的如发生在昨天，有时又像一个很久远的传说，有些飘忽。后来，我查找县志上的记载：孟长青，六区游击队队长，1943年夏被批准带队加入正规部队，编入老十团三营二连，任副连长。在带领队员赶往部队报到途中，住宿六区白庙村，遭人告密，夜里被日伪军包围在一所民宅里。孟长青在掩护队员往外冲时，弹尽负伤，毁弃双枪，被日寇铡掉头颅，在 × × 镇东门口悬挂三日。

对于我祖母的讲述，或对于县志的记载，我都觉得很真实，但它飘忽的成分在于，1943年夏天那个下午，孟长青提到那个叫“香儿”的女人，也就是我的姨奶奶，每当我问及她与孟长青之间的某些细节，祖母的语言都十分闪烁。祖母是老了，还是其中另有难言之隐。更让我大惑不解的是，前文提到的我那位出家做尼姑的姨奶奶，在我小的时候下山卖香烛，到过我家，祖母和她在屋里很诡秘地嘀咕半天，却不让我听见。再后来，我那肤色牙雕般的姨奶奶，便神情凄然地离开了。

1943年那个夏夜的枪声，一直追我到了1976年冬天的某个深夜。那个夜里，我躺在县城一个叫立新店的南房的土炕上。当时，我上班的单位没有宿舍，就租下几间客房，做职工宿舍。我的身边睡着我单位的那个领导。一个经历过战争、干倔又爱发火的老头，他是我的同乡。那个冬天注定在我人生中是个不小的转折，起因是我初恋的女孩积极主动地和我吹了，虽然知道的人很少，但我仍觉得像是光天化日之下被扒光了衣裳在大街上示众一样的无地自容。我白天迷迷糊糊地装孙子，到夜里像只饥饿的老鼠狠狠地吞噬和咀嚼自己的痛苦。我终于染上了可怕的失眠症，偏是我身边的头儿，打得一口好呼噜，声音雄壮而洪亮，并且有来有回，间隔又长。我实在忍无可忍，终于有一次把他捅醒了，他很愤怒，但不容他发火。

我说：“你是老革命，又是咱那块儿人，知道孟长青咋牺牲的不？”

他吧嗒吧嗒嘴说：“咳，我就是他的勤务兵。那年我十五岁，他们都比我大，从你姨奶奶家的房子里往出冲，我顺势就躺在他们家里人的脚底下了，日本人进屋根本就没看见我。”他这个人不管睡得多实，只要一醒，脑袋就特清楚，也许这是战争年代养成的，所以他谈话就像打呼噜似的那么清晰响亮。

枪声穿透了我家乡一个叫白庙的小山村的1943年夏天的某个深夜。孟长青就像后来电影里演过的八路军一样，或者是一个鲤鱼打挺，或者是梦中惊醒先愣了一下，肯定也说了句：“不好！”孟长青手提双枪纵身窗外，朝着敌人，连开几枪，一纵身就跃上了丈八高的院墙，冲到墙外的山坡上。回头一瞧，所带队伍一个人也没跟着冲出来，这样他即使到部队也要吃枪子。他左右还击又返回屋内，那几个没咋经历过战斗的队员，缩在屋内。他像赶一群胆小的猪一样，一边爆着粗口，一边狠狠地用脚踢。他把他们赶到院里，纵身又爬上院墙，舞动双枪，掩护突围，交往的子弹把黑漆漆的夜空划出一道道擦伤。先是孟长青的肚子中了一枪，紧接着肩膀又中了一枪。他很坚强，但子弹打光了，他急忙拆碎两把手枪，一扬手扔进山上的草丛里。

接下来的叙述和电影刘胡兰牺牲的情节有些雷同，而不同的是孟长青虽还活着，却不能像刘胡兰那样昂首走向铡刀。日本人和伪满洲军抓住了他，他不住口地大骂，把世界上的脏字几乎用尽。接着，他们又朝他腿上打了两枪。白庙村也没有云周西村那么大，但二十几户人家的人也都被赶了出来，鬼子用枪逼着围了个圈儿。孟长青被日本鬼子拖到了铡刀旁，他的嘴里还没停住骂，眼睛瞪得血红。这里就比刘胡兰就义时多出了一个细节，一个伪军抱来了一束越冬的谷草竖着围住孟长青的脖子，最后，将他捺在铡刀上。这样铡，很脆。孟长青的头被装在一个荆条篓里，让汉奸背着，一路的鲜血跟着敌人的队伍走到了镇上。他们把他的头装在一个木头笼子里，挂在镇的东门口上。

这时候一个女人就又走进了我的叙述，她就是我的姨奶奶。那天，她穿了孝服，脸上没有泪。据那天在场的老人回忆，她绝对没哭，她冷静得有点不太真实的，穿过围观的人群，在众乡亲惶惑的目光中，抱起了孟长青失去脑袋的身体，脖腔里涌出的血很快就把她的前胸染成了红色。她又呵斥大烟鬼丈夫抱起双腿，他俩连拖带拉地把孟长青的尸体弄到自己家的炕上，盖上了白布单。

她问大烟鬼："今儿，后半晌你去哪了？"

大烟鬼的目光就显得零散而又慌乱。

她雕塑似的一动不动地盯着大烟鬼，不悲不怒毫无表情，这样足有两袋烟的工夫儿。大烟鬼的脑门上渗出了湿淋淋的汗，煞白的嘴唇哆嗦出几个字："……王八好当气难咽。"

她平静地说："知道是你！"

孟长青的头颅悬挂在镇东门口的第三天早上，驻军日本少佐正迎着一轮朝阳，在清爽的空气中习剑。我姨奶奶穿着一身黑衣裳，披着一件黑色披风，骑着一头大黑驴，像一个黑色的精灵，旋风似的闯过院门的岗哨，来到日本少佐的跟前。她牙雕般的脸上透出咄咄逼人的冷静。日本少佐被她的绝世冷艳震慑了，两只金鱼眼瓷了，一时竟忘记了问什么的干活。

今天，当我叙述到这里，我绝不会搜肠刮肚地去寻觅那些早已叫人倒胃口的女人如何美丽的描绘，因为所有的辞藻和它所表现的真实都隔着相当遥远的距离。我只告诉你，我姨奶奶像一个黑色的精灵，穿过1943年夏天的某个早晨，骑驴来到某镇局子，她的牙雕般的脸，被她的黑色服饰又映衬得更加牙雕夺目。

她的眼睛像两颗寒冰，射出的光带着吱吱的凉气。

"我要头！"

日本少佐很通晓中国话："什么的头？"

"我要东门口上挂着的那颗头！"

我姨奶奶牙缝间蹦出的每个字都坚硬如卵石，一颗颗地砸在日本少佐的耳朵上，他终于明白了。

"巴嘎！"

"你他妈巴嘎！"

我姨奶奶一撩披风，唰地撕开扣子，在她肌如白雪的胸间捆满了手榴弹，一根弦在她手指上绕着。这些手榴弹足可以把1943年的夏天炸成黄叶飘零的秋季。

日本少佐妥协了。我姨奶奶骑着大黑驴，怀里抱着孟长青的脑袋，回到了家，在散发着浓烈腐烂的味道中，用针线把孟长青的头缝在了脖子上。她冲大烟鬼惨然一笑："挖坑去吧，深点。"大烟鬼像受了特赦，夹了把锹就出了村。等找人把装了孟长青的棺材抬来，大烟鬼把坑挖得比自己都深了。

我姨奶奶对着坑下说："够深了？"

大烟鬼说："足够了！"

我姨奶奶说："你造的孽，下去把我的黑披风给铺到棺材上。"

大烟鬼迟疑了一下，但还是下去了。

我姨奶奶说："你就给他做个伴吧，我填土了。"

大烟鬼像明白了什么，想反抗但来不及了，几锹土重重地把他砸倒在棺材盖子上，直到眼前耸起一个高高的坟堆。

1986年，我参加了县文化馆组织的一次采风活动。我就在故事发生地那个小镇的周围采风。许多老人提起1943年夏天一个女人跟日本鬼子要人头的那件事，都记忆犹新，也都颇多感慨，"那个娘们，真是个了不得的娘们，一个汉子要摊上那么个娘们，死十回都值！啧啧"。

1943年夏天的那个早晨，我姨奶奶跟日本鬼子要人头的事情，不胫而走，方圆四十里彻底轰动了。镇上和村里的人扶老携幼，自觉地站在路的两侧，形成了很长的夹道人墙。

我的姨奶奶披着黑披风，骑着大黑驴，怀里抱着用黑布包裹着的她情人的头颅，穿过人墙，像个黑色的精灵，走出1943年夏天的那个早晨。

她的脸牙雕般的白。

义驴

1946年那个中秋之夜，对我们家来说，是个倒了血霉的日子。从那天一大早起，我奶奶的右眼平白无故地跳得叭叭直响。她打炕席上折了一节席篾子，蘸点唾沫贴在眼皮上，也仍是压不住跳。傍后半晌，她肉神乱颤地倚着被褥垛打了个瞌睡，眼睁睁地瞧见我爷爷满脸血花赶着那头黑叫驴进了我家院门……我奶奶猛地一痉挛睁开了眼，秋日的斜阳，把窗户纸折射成一片惨白。我奶奶倍感蹊跷，掐指一算，这天正是我爷爷去口外跑买卖该返归的日子，再说晚上全家还要一块堆儿圆月。这是个不祥的兆头，按现在的说法，叫作什么心灵感应。反正我奶奶一出溜下了炕头，拐着双小脚去村东头找到我三爷。

我奶奶说："老三，去迎你大哥，我老觉得今儿个有点不祥。"我三爷当时正起猪圈粪，听了我奶奶的话之后，丢下手中的活儿，进屋里头打墙上摘下火枪，装满了瓷澄澄的火药、铁砂，又扯了块马粪纸，团个卷，塞住枪口。我三爷挎着枪对我奶奶说："放心吧，嫂子！"

我奶奶说："麻利点！"

据我三爷后来讲，那天的月亮，邪性，白不拉唧的，整个一堆狼屎。月亮周围还套着个老大的黑圈，射出的光阴格森森的，叫人浑身起鸡皮疙瘩。出事后，据我三爷对人说，那天夜里他想抄近路，谁知跟我爷爷走两岔去了。其实，村里知情的人说，我三爷路过红石崖时，去他相好的那儿热乎了一会儿，到底哪种说法靠谱，那只有一个人清楚，就是我三爷。

也许就在那段众说纷纭的时间里，我爷爷赶着我家的那头大黑叫驴已进了古北口。我爷爷赶的那头驴，赛过骡子，身匹高大，瓦腰，宽裆，四条腿像四根柱子，四只蹄子像四只倒扣的碗。那驴通身上下无半根杂毛，黑缎子似的闪亮。驴笼头眉心那块系着一撮火苗似的红缨，驴脖子挂一只锃亮的铜铃，好气派！那驴力气大，朝口外驮盐，一驮三百五。那驴走势也棒，尾巴一甩，脑袋一晃，驴蹄子在路面的石头上，踏击闪出一串火星子，铜铃铛摇出一路脆脆的声响。这头驴为我们家立下了汗“驴”功劳，一年四季朝口外驮盐，往回驮胡麻油，硬是把我们家驮成个肉头户。

我爷爷对他的驴，比对我那个独根独苗的爹还疼爱。往返路途上，宁肯自个儿挨饿，也得叫驴填饱肚子。碰上个刮风下雨，就脱下衣服给驴苫上。我爷爷从没打过它，最多不过伸出手掌，在那个圆滚滚的驴屁股上拍一下，亲昵地吆喝声：“嘚儿我！”我爷爷曾对村里人夸耀说，口外有人用一百元大洋买他的驴，又说想用两匹马跟他换，他都没动心思。

这头黑叫驴，在我们那块儿远近闻名。

一进了古北口，到在自个儿地界上了，我爷爷就松了一大半心。虽说剩下的路也不太平，常有劫道的出没，可压根还没叫我爷爷碰上过，再说，他也不惧，他长得武高武大，是条走起路来脚下带风，裤裆里俩蛋子碰得叮当响的汉子。我爷爷解开腰间的蓝寨子布做的褡布，呼扇呼扇衩襟子凉凉汗，又装了锅烟点着了，边走边吸溜，吊在烟锅杆上的那只玉石烟荷包缀首，晃晃悠悠，忽明忽暗地闪动。也就在这时候，那头走得正冲的黑叫驴，突然收住蹄，趔过头，冲我爷爷打了两个响亮的喷嚏。我爷爷当是驮的胡麻油太沉，鞍子卡了驴脊梁，便一手抄驮子，一手去摸，驴身上哪儿也没破皮，就顺手拍了驴屁股一掌。那驴仍不走，就地转磨。我爷爷说了声：“怪！”没容他的话音落地，打路边的林子里腾地跳出三个人。我爷爷就着月光一打量，全都是黑布罩脸，露着两窟窿，手里提着家伙。我爷爷虽说倒腾点小本买卖，但也算是个跑江湖的，见过世面。他半点没慌，双手抱拳，对三个人说：“朋友咱们往日无仇，近日无冤，不知哪地方得罪？”

三个人黑黢黢地立着，也不开口。

我爷爷又说：“若是手头紧，兄弟腰里刚进了几个活钱，拿去！权当咱交个朋友。”三个人当中，看样子是打头的那个，用变调的嗓音吐出两字：“要驴！”

我爷爷火了："给命！"

三个人逼近。我爷爷错就错在他太爱他的黑叫驴了。他双手猛地抄翻驴驮子发一声喊，也就这节骨眼，他的后脑勺挨了重重的一棍。我爷爷硬是没倒下，又伸手照空了身的黑叫驴的屁股捅了一下，才仄歪在地上。就听一个人说："快去追驴！"在昏迷中，我爷爷竟听出了那是个熟悉的声音。没等那三个人追出几步，我爷爷就扶着石头站起来了，冲着他们响亮地骂道："驴操的富庆，闹半天是你！"我爷爷犯了一个最不该犯的致命的错误。那三个劫道的，一听叫我爷爷认出来了，也顾不上去撵驴，卷回来，一阵乱石头，把我爷爷脑袋砸成个开花石榴，流汤露籽。

我那该死的三爷，傍半夜才摸到出事的地方。黑叫驴冲我三爷打了一串喷嚏，我三爷说："黑子是我，家里人。"黑叫驴就老实了。我三爷对倚着大石头而坐的我爷爷说："大哥，都快到家了，咋还歇着，不怕着了夜寒？"他连问三声，见我爷爷不吭气，伸手去摸，黏个洼洼，满把的血冰凉。我三爷说声"坏了"，愣了足有半个时辰，对着那轮月亮放了一枪。

那一枪传得远，好多年之后都在我奶奶的耳朵里响。

我爷爷坟头上的草青黄几轮以后，我奶奶穷得只剩那头黑叫驴了。驴不能卖，人得活口，我奶奶决定朝前走一步。

之后的事，就出在这个节骨眼上。

我们那块儿有个风俗，再嫁的寡妇，不能骑高头大马，得骑驴。接亲的汉子拉来了一头灰不剌的驴。我奶奶看不上眼，对我三爷说："老三，备咱家的黑子。"于是，接亲的那汉子拉着驴，我奶奶骑着，我三爷背着枪在驴后面紧跟着，他想送亲回来顺路打点什么。三人一行，很有点不伦不类。当路经当年我爷爷出事的地点，青天白日的，黑驴却惊了，一个蹶子，把我奶奶尥了下来，拉驴的汉子被拽个大趔趄。那汉子对我三爷喊："快去追驴！"

我家的黑叫驴，像听到了什么指令，猛地刹住蹄子，折回身，冲着还没爬起来的汉子又刨又咬。那汉子杀猪似的号叫，眼见那两排白格森森的驴牙，咬烂了那汉子的脖子。

我奶奶傻了。

我三爷也傻了。

傻过一阵之后，我奶奶冲我三爷叫：“老三，快！开枪打死它。”

我三爷明白过来了，摘下枪就一搂火。大黑叫驴半堵墙似的轰然倒地，两排牙齿仍咬着那汉子的脖子。我三爷费了好大的力气，才从死驴的嘴里掰扯出那根快被咬断的脖子。我三爷给那个仅剩一丝二气的汉子翻身，那汉子抽烟的家伙就甩了出来。烟荷包的缀首是一块扁扁的玉，上面雕着一只老虎。那是我爷爷随身带的爱物。

我奶奶眼直了。

我三爷眼也直了。

地上躺着那个没能成为我奶奶第二个汉子的，叫富庆。

我家的那头黑叫驴，像铺在地的一块黑缎子。没有闭上的两只驴眼，如两颗锃亮的黑宝石，有山影在里面浮动。

我奶奶说：“我不如驴。”跪下了。

我三爷也说：“我更不如驴。”也跪下了。

桃花河的向往

在那个阳光十分明媚的早上，泉妹离开了大山深处的家，第一次出门远行。不是去打工，也不是去串远方的亲戚，她是应县文化馆之邀，到那个既遥远又陌生的小县城，去听文学老师对她诗歌的修改意见。

她沿着桃花河向山外走去。

桃花河不是她家乡通向外界的唯一道路。但沿着河水走，要比走其他的路距离县城近了很多。

小时候，她和奶奶坐在高高的门台阶上，缠着奶奶问，咱家门前的桃花河，最后会流到哪里。奶奶说是大海，至于大海什么样奶奶就说不明白了，她也没见过大海。有一次，她神奇地失踪了一天。奶奶找啊找，到日斜时分，终于在村北那座最高的山尖上找到了她。她坐在一块高高的岩石上，用两只小手托着下颌，神情专注地看着远方。奶奶问她在看什么，她说在看海。奶奶就有点糊涂了。

天刚朦朦胧胧地发亮，她就悄悄地爬起来洗过脸，梳过头，收拾着该带的东西。不想惊动了奶奶，上了年岁的人觉少，奶奶也摸摸索索爬起来，边唠唠叨叨地埋怨着，边给她朝书包里塞干粮。

她上路了。桃花河两岸的山峰挺高，河谷间，偶尔会洒下一小点阳光。谷底遍布着大石头，奇形怪状，坎坎坷坷。泉妹沿着河水朝前走的道路很不好走，平时都是打柴刨药人走的路。要不时地跃上石坎，穿过洞穴，再不就扯着野藤树枝，擦着水边走，不小心就会掉进水里，但她不会放弃，就像那年要接着上学。

“妈，爸，我要上高中！”在初中毕业后的一天，她胆胆怵怵地提出了这个并非奢望的要求，而后，她像一名囚犯那样，等待着对自己命运的判决。

“什么？”爸爸瞪大了眼。

妈妈也瞪大了眼："什么？"

只有奶奶什么也没有表示，奶奶疼她。

"能供你念完初中就够咱家呛了。"妈妈说。

"上高中要去山那边的镇子上，跑校吧，不行，住校吧，咱没钱住不起！"爸爸的眉头皱了好大个疙瘩。

这些，她心里都明白，艰难的日子，使山里的孩子早熟。她立刻联想到，家里欠生产队的那一屁股两胯的债，并开始为自己想继续上学的想法难为情起来。

"再说，你一个丫头家，能识俩字，会写自个儿的名就得了，还指望什么哩。"

"丫头就不是人吗？"她没能说出口，心里却十分委屈。她兀自一人，哭着跑向高高的北山尖。

又是奶奶拄着拐棍，一步一挪地爬上北山尖，将她找了回来。

奶奶做主让她去念书。

爸爸一声深深的叹息，妈妈一声叹息。

也许是自家的祖坟上没长那棵蒿子，也许是压根底子就薄得像那贫瘠的山地。两年后，她从高考的云端里，一跤跌回到大山的深处。她准备迎接一阵山雨般的数落，但爸爸没说什么，妈妈也没说什么，好像从她两年前出发的那刻起，他们早就已经料想到结果。但她却很难平静下来。

两岸的山峰走到这里，可能要松弛一下那紧张的神经，因而峡谷显得开阔而平坦。河水流动得很缓慢，山坡上的风，隐隐地送来了山花的香味。

泉妹也有些疲倦了。她坐在一块石头上，吃了几口干粮，但她不能太久地停歇，脚下的路还很远。

"泉妹，妈妈跟你商量个事。"她从未见妈妈如此喜眉笑眼。

"坏了！"几天来，她隐隐地预料到的那件事终于临头了。

果真如此。

“前两天，你表叔来咱家，要给你介绍个对象，小伙子是咱这儿李子沟的，听说，条件不错，是个什么果林专业户！”

她两眼盯着自己的脚尖，不吭声。

妈又补充道：“那小伙子八亩地一棵谷子独苗，你进门就当家！”

“真俗气！”她恶意地想。

奶奶对她的事早就急了。老人翕动着干瘪的嘴巴，戳着她的脑门子：“我像你这般大早就抱你三叔了，你瞧你！”奶奶像一位将军，炫耀着自己的战功史。但她不想成为未来的奶奶。

爸爸摇摇头，妈妈也跟着摇摇头。

她沉默。沉默本身就是无言的否定和抗议。

奶奶嘟哝嘟哝地自我批评：“当初都怨我多嘴多舌，这丫头硬是念书把心念野了，回到家整天价写什么湿（诗）呀，干呀的。犯魔怔。”

妈妈又插言了，而且愤愤：“都恁大了，一点正经八百的事不思量，半夜半夜地涂涂画画，你看人家坎上头老刘家的招弟，比你还小，这里快生儿子了！”

“招弟？”她差点“噗”地笑出来。那天，她去初中同学招弟家玩。招弟像只袋鼠似的拖着个大肚子迎了出来。她拿招弟取笑，招弟并不觉得难为情。她像过了大半辈日子的大嫂或大婶子，絮絮叨叨地对她说了许多的知心话，什么她的男人如何会赚钱了，什么说话要盖新房了，什么婆婆哪天偷拿了她的两颗鸡蛋了。顶叫她好笑的是，招弟从现在起就琢磨着要给没出生的孩子攒钱，要是男孩子，就留着将来盖房娶媳妇。

招弟很满足，招弟很幸福。

然而，她的嗓子眼却像咽着一块老咸菜疙瘩，直想跑到没人的地方痛痛快快地大哭一场。

泉妹捧起河水洗了洗脸，又抖擞起精神。她把时间又计算了一下，在峡谷还需行走一个多小时。等闯过最后一道险关黑龙潭，她要抛开峡谷，翻越一座不高的山梁。天黑之时，她就会到达县城了。有生以来第一次要见到文化馆的老师，并听他们对她那首诗的修改意见，如果修改好了，就会在县文化馆的文学小报上发表。

她写的那首长诗，题目叫《桃花河的向往》，开头几句是这样的：

仿佛刚挤出大山的乳房
哦，你就开始了那浩瀚而蔚蓝的向往
即使让群峰将你的灵魂扭成畸形
你也绝不会放弃那追求的欢唱……

这首诗呕心沥血，寄寓了她对人生的思考和自强不息的追求。她认为这是自己诗歌创作的一个小小的里程碑。

高中毕业后，她就决心要走文学之路。她也十分清楚，这条路艰险异常，但她凭着执着的热情和信念还是走了下来。她的稿件一批批寄出去，有的又陆陆续续返回来，但绝大部分是泥牛入海。也许是文化馆的老师不屑一看地就给枪毙在废纸篓里了，也许回邮时遗失了。交通条件不便，人烟稀少，邮递员隔一周或半个月才来一趟，但她从没灰心。去年，端阳节的下午，那可能是她一生中最美妙的一个下午，当翻山越岭走来的老邮递员，将刊有她处女作的那本文化馆编印的文学小报，放在她的手中时，短暂的沉默之后，她又哭又笑，又蹦又跳，家里人认为是她神经突然出了问题。

不远处的前方，传来水声的轰鸣，黑龙潭快到了。黑龙潭是峡谷中地势较低的地方。由于河水经年冲刷便形成了一个深深的墨绿色的水潭，使人看了眼晕。据传说，有一年桃花河发洪水，冲下几百根木料，到了黑龙潭打了个旋就不见了。天晴水消，那些木料又一根根浮出来。有人说，黑龙爷要用木料盖房子了。这里两边的山峰挨得很近，头上只露出很窄的一条天。在北崖的一个石头台上，有人搭了个小小的龙王庙，遇到干旱之际，这里烟火不断。潭南的崖根，有一块连着河水的斜斜的青石片，中间被猎人樵夫，还有其他过往的行人，踩出一条光溜溜的痕迹，俗称“仙人走”。临出家门时，奶奶就再三地嘱咐，走桃花河去县城，别处没事，就是不好走，但黑龙潭是这条路的一道关口，过“仙人走”要格外小心。

泉妹学着奶奶嘱咐过的姿势，脸朝着青石片，背对着潭水，小心翼翼地横着挪动双脚。但刚挪到石片中间，突然脚下一滑，她扑倒在石片之上，伸手猛地一抓，抓住的绿色的苔藓脱离了石面。一眨眼，泉妹滑了下去，掉进了黑龙潭，溅起一片水花。她的双手使劲地朝上挣扎了几下，就慢慢地沉下潭底了。潭水又很快地恢复了平静，两岸的山峰也还是那么平静。桃花河，在黑龙潭这里沉静一下，又向前流去。

那黑孩子，那黑狗

一

黑狗撒开四条健壮的腿，欢快地向前奔去，如一艘轻捷的黑舰艇。小路间，那被剪开的、交织纷披的杂草野花，忽而又聚拢来，便荡漾出一条彩色的波纹。那条高高翘起的狗尾巴轻松活泼地摆动着，上面挂着几颗牛蒡子，金黄金黄的，如灿烂的星星。

黑狗突然收住腿脚，转过头，那条鲜红的舌头，拖着一个炎热的八月。

黑孩子站在那里，他像一根刚从窑里掏出来的木炭，就连那小褂遮不住的肚脐眼，也是黑黑的。尤其那双眼睛，如黑色的围棋子，乌亮闪光，反衬了他终日紧闭着的嘴唇，像山坡上熟透的野草莓，鲜红。他那黑黑的手指头间，高扬着的那片纸，就格外的白，仿佛一只跃跃欲试，展翅将飞的雪白的鸽子……

八月，天空高远地蓝着，宁静而恬淡，山们充分享受着一种清新明静的氛围，连风也收敛了翼翅，伏在不知哪片叶子上，让金子似的阳光哄骗着，走入深远的梦境。

黑狗在亲昵地注视着自己的小主人。黑孩却正扭回头，望着被远远甩在身后的村庄。他的目光，飞过那片燃烧着蓝色雾霭的房顶，最后，落在村子紧东边，那里有一幢歪歪扭扭的房子，那是小学校。

他好像看见那个上了年岁的老师，拖着那条患有严重风湿性关节炎的腿，趔趔趄趄地走出来，站在那棵山杜梨树底下，摇响手中那柄爬满绿锈的破铜铃。但他又哑然失笑了，现在正是暑假，老师回到山那边去了。

二

黑孩子没爹。

从很小的时候，在他那颗还充满混沌的大脑里，就压根没有过爹这个概念。村里，每个孩子都有一个爹，于是他们就骄傲得俨然小王子，碰到一块堆玩时，就自豪地谈论，爹这个爹那个。没爹的黑孩，就自卑的心里头发虚，好像自己做了什么不该做的事儿。

村里人喜欢当他面谈论他娘，说他娘脸长得如何白嫩，像水豆腐，眉眼怎么水亮，时常还拍着他的脑壳，冲他那么笑着说："小黑鬼，叫我声爹，我就是你爹，不信回去问你娘，叫她今夜里留门。"他不太听得懂大人这些玩笑，但他知道他们对他说的绝不是什么好话。他朦朦胧胧地感觉到，这一定都跟他没爹有关。他已到了要爹的年龄了，就像看着别的孩子，到了跟娘要书包去上学一样。

他必须跟娘要爹了。

"娘，我要爹！"

说完了，他就习惯性地站在挂满蛛网的墙犄角，如一根沉默的木桩子，他就知道又要挨打了。从一记事，娘就把他当成一只狗，一只猫，因为丁点小事，就打他，像用棒槌捶打破衣衫，打得他天昏地暗。他闹不明白娘干吗那么恨自己？当然，他也恨娘。

果然，娘那副白净的面皮，很快就涨成了黑锅底，能刮出层灰末来，眼神如两把锃亮的锥子，直直地刺过来。

"黑鬼儿，臭杂种！"

娘手中那盆棒子糙粥，划出一道金黄色的弧线。他的心尖猛地一抽，脑袋就给糊在那团黏稠的金黄里了。接着，又含糊听到："我让你多嘴，我让你多嘴。"他的大腿根，又挨了几处拧。

他不哭。他压根就不知眼泪是怎么流出来的，如一只出水的鸭子，他狠狠甩动着头，把金黄的粥汁纷纷射向娘。

“我要爹！”

他仍如根木桩子，笔直地立着。瓷白的牙齿，咬铁豆般地咬出那三个字。

他神奇地发现，娘如雷击了一样，身子猛地一震就软软地扑了过来，一把搂住他那颗又黄又黏的脑袋，发出夜深人静时，孤狼般的长号：“孽种，我的孽种哟，这造的是什么罪。”

娘搂得他喘不过气来，他头一回感觉到，自个儿的心就像一只被狐狸追迷了头的兔子，痛苦又软乎乎地跳动着。他还闻到娘身上那甜酸的汗腥味，他甩开了娘，如同每次好不容易从山上背回的一捆沉甸甸的柴火。他咬着滴血的嘴唇，冲出家门，冲出村子，冲过曲曲折折的小路，一口气奔到河边。那里，有片洁白如银的沙河滩。平常，他挨了打，就独自跑到这里来。

也就是在那天，他结识了自己后来的老师。

三

黑狗转过头，满面狐疑地注视了他好一会儿，忽然，一弓腿，箭似的射了回来，用喘息着的嘴巴拽他的裤角。它最能理解小主人的心情，更知道他今天要去什么地方。他立着不动，它就又竖起后腿，爬到他的肩上，用那双湿润着哀伤的大眼睛，对着他脸仔细地探询。从它那明亮的球状体的水晶面上，他清晰地看到黑黑的自己，脸便盛开一朵笑。黑狗的尾巴就翘了起来，摇出花环似的欢快和雀跃，那条又红又软的舌头伸出个三角形的小尖尖，一束小花苗似的，舔吮着他黝黑的光胳膊。他轻轻拍了拍它的脑袋，它便衔去他手中那片白纸，返往原路向前跑去。

黑孩子缓缓地朝前走着。

那天，他跑到河滩后，有几个跟他一般大小的孩子，像刚从水里钻出来的鸭子、泥鳅似的身上挂了层泥，头发间的水珠，闪着玻璃渣子样的碎光。

那几个孩子不理他，他也从不搭理他们。他是没爹的孩子，自然也就没朋友了。他的影子就是他的朋友。但他平日独自闷坐的河滩，让他们给占了，他就又生气又无聊。突然，他发现河边的水草丛里，蠕动着一团肉乎乎很不分明的东西，仔细瞧，那是一只刚生下来就被扔掉的小狗崽儿，毛上挂着层红红黄黄黏了吧唧的东西。那对才睁开不久的小眼睛，正可怜巴巴地哀求着。他的心一动，便伏下身，用河里的清水给它洗身子，那茸茸的毛，就又黑又亮起来。他将小狗崽抱在怀里，欢喜得不行，觉出从未有过的幸福。

晒太阳的孩子们发现了，其中一个叫道："小黑鬼，那是老子扔下的，不许你捡。"

另两个孩子也附和道："捡个爹，捡个狗爹。"

他把小狗抱得很紧，并感到胳膊上的两块肉在突突乱跳。他绝不能叫小狗死了，那是他的小狗。

三条光光的身子，爬起来，围成个三角形。

正在这时候，打小路上急急地走来个人。他认出那是小学校的老师，而且还认为那老师长得挺丑，腰罗锅着，秃额头间满是皱纹，特别那两条腿一拉一拉的，仄仄歪歪。他听说，老师打很年轻的时候，就来到这大山里的小村。他曾看到每年开春，老师的媳妇就来帮忙拆洗被子，还带着几个高高低低的孩子。他又想起，去年秋，又来过个挺好看的年轻老师，不知怎的，没过几天，就又哭着走了，再没回来。

老师对三个孩子说："不是讲了吗？不许你们偷着来玩水！"其中一个孩子用手指着他："老师，他偷我的狗！"

"狗？"老师这才发现他，"你是谁家的孩子？咋这么大了，还没来上学？"

那三个孩子同时道："他没爹，他娘不叫他上学，他娘是破……"

老师伸手拍了拍他的脑袋："回头我跟你娘说……"他怕人家边拍他的头边说他娘，心里一阵恼怒，趁老师又伸出手指逗小狗，他向老师那干柴似的手狠狠地咬了一口，抱着小狗，一溜烟向远处跑去。

四

河滩闪着白晃晃的光亮。

黑狗先跑到了那里，站在边上，回头望见他已拐下那道斜坡的小路，就彻底放开四腿儿，来来回回兜绕着一圈又一圈地狂欢。嘴里衔着的那片纸，如一页被扯开的白帆，让带起的风，吹奏出清脆的音响。

他走上河滩，一股灼热的气流，自脚心底蔓延全身。他十四岁的影子，在自个儿眼前，高高大大地移动着，他觉得是走在一片温热的、太不真实的梦境里。

他咬老师的那天晚上，老师去了他家。

老师对娘说："大嫂，孩子早就超龄了，咋还不叫他念书？"

娘说："家里没钱！"

老师说："没钱我给交学费！"

娘就不吭声了。老师临走时又拍了拍他的头说："明天早上去上学。"

后来，他就上了学。

在他升入五年级那个秋天的一个下午，娘给他带回了一个爹。那爹膀大腰圆，长满横肉的脸上，遍布星星般的大麻子。这个爹原是开肉杠的。

也不知怎的，他想象中的爹，绝不是这副模样。从头一眼起，他小心眼里就直恶心。

娘说："叫爹！"

那麻子就打腰间抠抠搜搜摸出张又油又皱的票子，辨不清几块，用买猪讨价的那种目光，在他身上盘来绕去。

他靠着墙角，高昂着头，就是叫不出那个早就心里叫过上百遍的"爹"字，他恨娘干吗给找回这么个爹？他看着那片麻子，渐渐抽风般颤动，变成了猪肝紫。那只托钱的平展的掌心，倏地团了回去，指头节上那一丛丛茂密的黑毛扎得他两眼一阵发暗。麻子剜了一眼娘那张尴尬难堪的脸，两只河马似的大鼻孔喷出腥臭的酒气。

娘甩手抡出一个响亮，他的一面脸上，就渐渐隆起五根胡萝卜般的手指头印，嘴角蠕动出一线殷红。

黑狗冲娘抖开浑身箭似的毛，喉咙里发出沉闷的威胁。

麻子的脸上，便拧出一片凹凸不平的笑，冷不防对狗甩出一脚。黑狗不容得那腿落下来，一矮身，反口咬住了麻子的脚脖子，麻子的牙缝挤出猪挨刀时的号叫。

娘抽身从外面抄回把铁锹，塞给麻子。他撮起带血的唇，打出个呼哨，黑狗便跟着他蹿出了家门。

麻子恨他，更恨那只黑狗。娘却很少再动手打他了，背后，不止一回用眼泪哀求，叫他喊麻子“爹”。他死活不开口。没爹他是活哑巴，有了爹他仍是活哑巴。

有天半夜，他被狗的惨叫声惊醒了。院里，麻子用绳套不着狗，就挥动铁锹，把狗的肩膀砍了条口子，它带着伤跟麻子周旋。

他冲到院里，冲麻子喊道：

鸡啄西瓜皮，
暴雨淋灰堆。
太阳照筛底，
沙子硌蛋皮。

麻子扔下狗就扑向他……

那天夜半三更，他跑到了学校。老师还没睡，正在判作业，撂下手中的笔，就找出几片药，压成碎面，涂抹在黑狗的伤口上，又用纱布给扎裹起来。后来，老师要送他回家，他死活也不回去，他睡在了老师那个塌了几块坯的小土炕上，阴冷的凉气一个劲地朝他骨头缝里钻，他的血好像都变冷了。那夜，他哭了，也把自己哭大了，明白了好多事，当年那个年轻老师为什么才来几天又哭着走了，老师的腰为什么老罗锅着，还有那腿……

五

黑狗向他奔来，在他的两腿间，亲昵地蹭来蹭去，他感到了比阳光更温暖的东西。他抬抬手，黑狗就立了起来，把衔着的那片纸放在他的掌心。他高高挥动着那片纸，满河滩飞快地奔跑着。黑狗就忽而前忽而后，围着他绕圈圈，嗓子里发出天真而兴奋的吠声。

他跑累了，滚倒在河滩上，黑狗也学着滚倒。他喘着气望了会儿天，又坐起来，黑狗便匍匐在他的脚边，憨憨地望着他，好像在说：咱俩早该歇会儿了。

他呆呆地凝视黑狗，好长时间都没这么看它了。阳光下，它那通身无杂色的黑毛，泛着钢蓝、鸦青色的光亮，厚密地让人怀疑它是只精美的玩具狗，透过毛丛的缝隙，能看到那一团团金红色纤细的毛绒。

黑狗也受了无限感动似的，微微支身，殷勤地舔吮着他的手。他把它抱在怀里，轻轻说着连自己都感到多得吃惊的话，好像这十多年的话，都攒到此时说了。“黑子你知你的命是谁给的？老师给的，你没忘吧！老师给你裹伤，要不非得破伤风死了。后来，我怕麻子再下毒手，就把你寄养在老师那里。老师对你多好，给你吃好东西，你就更壮更欢实了。去年，县上来了打狗队，我正上课，老师知道没了你，我就失去命了，一着急，就将你藏在被子底下了，你真机灵好像什么事都明白，一动不动，硬是把他们蒙哄走了。老师对你好，对我呢？你都亲眼见了，别的就甭说了，我上学晚，为了叫我跳班，每天夜里都帮我补课，我连着跳了两级。那次全县小学数学竞赛，我得了头一名。你瞧！老师高兴得什么似的，就跟我是他儿子，我真想叫他声爹，又怕他不答应。可咱们都给老师什么了？他睡了这么多年的凉炕，腰就疼，腿就疼，听人说，那叫风湿性关节炎。前两年冬天一下雪，我就带上你上山撵兔子，想弄些兔子皮给他铺在身下，可老凑不够。”

黑狗静静听着，那对大眼瞧了瞧，浮出一层湿润的伤感，似乎在安慰说：甭着急，今年冬天我再卖点力气。

他掏出打家里偷来的那块蛋糕，送到黑狗的嘴边。它吧嗒吧嗒嘴，咽几口唾沫，恳求地瞧着他。他明白了，便咬了一小口，但卡在了嗓子眼，怎么也咽不下去。

黑狗这才香甜地吃了起来，最后又用舌头把他手指缝的油渍也舔得干干净净。

他将脸凑向黑狗，上上下下吻了个遍。它受宠若惊地微闭了双眼，享受着小主人至高无上的感情。

他放下狗，伏在河边，含了口水默默向那边小杨树林走去。黑狗早就蹲伏在树荫下，用目光向他召唤，那意思像在埋怨：咱俩真傻，早该来这儿。他掏出事先绾好的活绳套，在它的脸前晃了晃。它欢快地钻了进去，并做出扑滚腾挪的各种姿势，他们以前这么玩过，但这次，他用力一抽绳，就把它挂在一根斜生的树杈上，对着它那张大的嘴，把满口含着的水，吐了进去。它的四腿又蹬又刨，喉咙间响出一阵呼噜噜的声音。过了好一会儿，他转过身，看它的眼睛仍大大地睁着，还充满平日的驯顺与温情，没半点怨恨。他伸手闭上它的眼睛，狗的眼角便淌出两颗硕大的泪。他抱住它那尚有余温的脑袋，他们的泪就交融在一起了，又“扑簌簌”地落下来……

黑孩子背着那只灌满滚烫沙子的黑狗皮，向村子沉重地走去。

河滩明亮着白晃晃的岑寂，河水也白晃晃地流向大山的那边。

河畔那丛油油的水草上，浮着一片纸，阳光无声地阅读着上面几行油印的文字：

×××，你被荣幸地录取为县重点××中学的学生……

带雨的早晨

夜里，玉田奶奶摸摸小孙子的身底下，湿漉漉的，知道又尿了床，便嘟嘟哝哝地摸着墙上的灯绳，拉着灯，20瓦的电灯泡将一间小屋照得亮堂堂。她半躺着，仄歪着身子，轻轻地掀起小孙子白胖的双腿，把屁股下垫着的尿布撤出来，又换了一块洗得干干净净的布。

孩子什么也没觉得，睡得蛮香哩，时而鼻翼翕动一下，那带着奶腥味儿的轻细的呼吸，像阳光下平静的水面泛起的气泡。玉田奶奶每次仔细端详孙子，都像头一回看到那样新鲜、亲切，就是叫她饱饱地看上一万次，她也看不够。孩子长得也乖巧，瞧那眉眼，多像自己的独生儿子发子。发子，也是宽宽的脑门，齐绰绰的鬓角，墨似的头发，尤其那片上嘴唇，发子的上嘴唇薄薄的有点朝上翘，孩子的也薄薄的有点朝上翘。才不到两岁，那雪白的小牙就出齐了，孩子嘴甜，教什么学什么，"奶奶""奶奶"叫得心肝颤，村里谁不说她有这么个好孙子，是老来福分。孙子是奶奶的命根子，何况她这个奶奶当的要比别人都不易呀！

许是支着胳膊工夫儿长了有些累，玉田奶奶在孙子的脸蛋上亲了下，就拉灭灯，舒舒坦坦地躺下了。但她咋也睡不着，大半生的事儿，过电影似的在她脑子里，一幕幕地回闪。

玉田爷，在发子三岁那年，得了一场病，要按现在的说法，准是癌什么的，没容得怎么整治，就撇下孤儿寡母合眼撒手了。当时，她才二十六岁，正是青春的年华，模样又挺端庄，手脚又勤谨，左邻右舍，亲戚朋友，没少人劝她朝前再走一步。她何尝没想过呢？都是人嘛，但思来想去，她打定了主意，还是坚持要守下去，咋呢？发子是她的心尖子，怕找个后爹给孩子气受。再说，结婚就要生孩子，前一窝，后一窝，免不了旁人仨薄的俩厚的烂咬舌根，到那工夫儿，那娘可就难当了。守着发子过吧！儿子就是她生活的力量，出头的日子。

她的思绪，一下又闪出四十多岁那年的一幕。

因为什么她记不太清了，反正是发子十七岁那年，儿子的一句话深深地刺伤了她的心。当时，把她气得浑身乱颤，她有什么地方对不起儿子呢？人家都说寡妇门前是非多，可她空房孤灯十多年清洁如水，走在街上，头抬得高，腰挺得直，三里五村的乡亲，谁敢背后说她个脏字？后来，她终于明白了，儿子再不是屎一把尿一把的儿子了，他大了，高了，翅膀硬了，用不着她这个孤老婆子也能远走高飞了。也就在这个节骨眼上，又有人给她撺掇亲事。男方是娘家那村的存山，他们打小是一块堆儿混大的，谁都知道谁，甭用问询，人老实，也能干，是把好庄稼手，就是成分有点高，爷爷那辈是富农，富农咋啦，土里刨食吃的苦命人，还顾那些干吗？她的心真的动了。可没几天，这事叫发子知道了，跟她又哭又闹，最后跪在她脸前头，一把鼻涕一把泪地央求，还说了许多她听了半懂不懂的话，什么影响他前途了，背一辈子黑锅了，等等一大堆话。她的心一下子软了，也陪着流了泪，她觉得一大把年纪了，还想这事真有点对不住儿子，她狠狠心，就把再嫁的念头掐死了。事过好长时间，她都故意躲着发子。碰着他的目光，她就不由得脸红，好像自己背着儿子，偷偷摸摸地做下了什么丢人现眼的事情。

睡在身边的孙子哆嗦一下，梦里叫了声“奶奶”。她的心猛地抽动，赶忙伸过手一摸，孙子的小脑门上潮乎乎的汗。

“这个该死的畜生，看我回来非剥了你的皮。”

她轻轻地拍着孙子，嘟嘟哝哝地骂着。她在骂自己家里的那条大黄狗。那天，孙子在院里玩，黄狗撵鸡，一下把孙子撞个仰脚朝天，孙子吱吱哇哇地哭着喊奶奶。她正在屋里烧火，提着个火棍头跌跌撞撞地就跑了出来，慌手忙脚地抱起孙子又是拍又是叫，吓得心惊肉颤，直怕出什么好歹对不起儿子。等孙子不哭了，她才又收拾那条狗。那条黄狗，也是她最心爱的，这几年，儿子在外头，不是就它终日伴着自己吗？要是孙子没来之前，她可舍不得动它一根毛。那畜生也是通人性的，知道自己闯了祸，老老实实地趴在她的脚下等着受罚。她硬着心肠举起火棍劈头盖脸地打，直到脸上渗出汗，胳膊酸了，黄狗疼得乱哼哼，她才边祖宗八辈地数落着，把它拴在柴火棚里。她顾不上它啦，那颗心全让孙子占满了。

前几天，她接到儿子一封信，说是明儿要来接孙子，好像也叫她去北京住些日子。这事儿，让村里那些老姐妹们听说了，她在街上哄孙子时，拉起家长里短，她们都羡慕哩，说她寡总算没白守，养了个好儿子，要去北京享清福，平日里在家里花钱也一定水似的。其实，她心里明白，自打儿子出去工作，就没给她寄过几个钱儿，就是打孙子出满月，现在已经拉扯到两岁多了，她得到儿子什么了呢？不是也没少把自己的体己钱贴进去了吗？她不能对别人说这些，自己的亲生儿子，亲孙子就是把心摘了去，又有什么不应该呢。

不知怎的，越想，她的心越跳得慌，就像十八岁出嫁那天的心情一模一样。上北京，这是她在山沟沟里，活这么大头一次出远门，听儿子说北京的楼高哩，有多高，有房后头二崖磴那么高吗？她想象不出来。她只想自己去了也不白吃白喝，身子骨还硬朗，什么都能干，做饭，哄孩子，洗尿布，还能帮助儿子、媳妇洗衣服，绝不会给他们添累赘。

想着，不知过了几个时辰，她迷迷糊糊地睡着了，直到院里那只芦花公鸡打鸣，她才醒转来，窗户纸发白了。她赶忙起身，给孙子掖了掖踢开的被子，下炕抱柴，烧火。看看昨晚捏的饺子被耗子糟蹋了没有，又把宰好的鸡用温水洗了一过儿。天大亮的时候，下起了蒙蒙雨，一会儿，院里的一切就都湿淋淋的了。对面的山坡上，半黄的山杏树叶儿，不住地飘落，像声声的叹息。一阵阵凉凉的秋意，回荡在山野间。

没容饭做好，院里就响起了“呱嗒呱嗒”的脚步声。

“妈的，这鬼天气，挨城里头上车时，还好好的哩，说变就变了。”这是儿子的声音。

“山里的路真缺德，我这双高跟鞋也甭要了。”奶声奶气的，媳妇也跟着回来了。

接着，一只贼亮贼亮的尖头皮鞋，在门槛上来回蹭了几下，又是一个毛蓬蓬炸窝鸡似的头探了进来。

“这么晚才做饭？”这是儿子对她讲的头一句话。

他们从她身边走进里屋，好像她根本就不存在似的。

孙子还香香地睡着，媳妇就冷清空气地扑过去，重重地在孩子的脸蛋上亲了一口，“嗒嗒”地响，像吃多了的人打的嗝。她想过去阻拦又没敢。孙子睁开惺忪的睡眼，满屋找，没看到她，她被他们挡在身后了。

“宁宁，宝贝快喊妈妈，喊妈妈呀！”

媳妇用劲地摇着孩子。孙子发现自己是在一个长着乱蓬蓬头发的陌生女人的怀中，扁扁嘴，一咧，哇地哭了，小手不住乱抓，小脚不住乱踢，扯着嗓子叫奶奶。

“发，你看！”媳妇满脸的不高兴，落了层霜似的，“我说早些日子就来接，反正也省事了，你非今儿个推明儿个，明儿推后个儿，看看孩子在农村待得连妈妈都不认，快成白痴了。”

白痴？什么是白痴？她不明白，但瞧媳妇噘嘴竖眉的神态，她知道绝不是什么好话。儿子讷讷地想说句什么，也没说出来。她心里很委屈，白受累不算，还要挨埋怨吗？她什么也没说，蔫溜溜地退出去，端饭去了。

他们嫌饺子的面太黑，只是站在地上狼吞虎咽地啃那鸡肉，“咂吧咂吧”嘬得山响，满嘴油晃晃的。

她抱着孙子，在一边站着，他们连让都没让她。只一小会儿，半盆鸡肉吃个精光，他们抹抹嘴，说要赶车去。

儿子背着她早就给打点好的核桃、栗子、大枣、小米、鸡蛋什么的，媳妇空着身，她抱着孙子拐着小脚跟在后面，祖孙三代冒着秋雨，向五里远的车站走去。路上，碰到熟人问她去北京，她咕哝着嘴答不上来，心里边沉甸甸的。

县城发往北京的车进站了。儿子才扭过头来对她说：“本想叫您这趟也去，城里住处太紧张，再说也待不习惯，等过些日子，找到宽绰地方住再说吧！”她的心凉了，她觉得儿子说出这句话，并不怎么突然，看看儿子，就像不认识她，看看媳妇，她板着脸，正盯着车哩。

车门开了，媳妇从她怀里接过孙子，孙子抱着她脖子不松手。媳妇狠劲一拽，孙子“哇”地哭了，她的心像被谁猛地摘了去似的，空荡荡的疼痛。媳妇都噔噔走出好几步远了，孙子还爬在媳妇的肩膀上，拼命地向她张开两只小手哭喊：“奶奶——奶奶。”一时，她僵住了，木桩子似的立在那儿。等车开动了，她才清醒了点。她觉得手碰到衣口袋里一根硬硬的东西，拿出来一看，原来是一截光滑的桃木，孙子被惊吓后，她找来放在他枕头下，用来避邪祛灾的，一时咋就忘记给带上了呢？她手里举着那截桃木，想追上去，但车开远了。看着转过远处山弯的车，她的泪水唰唰地流，她恨自己的疏忽。

她深一脚，浅一脚，木木地朝回走。五里的路，显得那么漫长。路过老头子的坟地时，她停下了。坟头年复一年，成了个小土堆，上面长满了枣葛针，叶儿都落光了，枝干着了雨黑湿湿的，一团乱铁丝子似的扎杀着。突然，家里那条大黄狗箭一样向她射来，是狗自己咬断拴着的绳索跑了出来的，见到她，就像见到久别的亲人，又是撒欢儿，又是用脖子来回亲热地蹭她的腿。她弯下身，抱着黄狗的脑袋无声地哭了，大滴大滴的泪，滚落在黄狗湿漉漉的身上……

秋天的忧郁

我从县城到乡下舅舅家，是个深秋的日子，早起，天晴朗得十分干净。到了舅舅家，我首先见到了我最不愿见到的人，也就是表嫂。

在众多的亲友当中，表嫂的为人，我是有所耳闻的，但却没什么接触。她最显著的特征是，天生一副好嘴儿，哪怕十冬腊月，也能把你说得浑身冒热乎气。

“舅舅呢？”我环顾着干净利落，颇透现代化气味的屋子问道。

“哎！”表嫂立时现出一副无可奈何的神情，“老爷子还是从前那个牛脾气，闲不住哇！”她边给倒水边絮叨，“过了秋天六十九岁了，可眼下政策一变，他倒来了精气神，好说歹劝，也不和俺们一块堆儿过，自个儿买下队上几条牛，当把式，给人家耕地，一门心思发大财哩！这不，今儿个又去杏树沟给那个二寡妇家忙乎去了。”“二寡妇”三个字，她说得极重，并又对我诡秘地那么一笑。

我执意拒绝了表嫂的劝阻，决计先去杏树沟找舅舅。

其实，时间刚过晌午。但满腹心事的老天，却板着阴郁的脸，一会儿，便飘落起稀疏的雨星。深秋的山野仿佛刚经过痛苦分娩的村妇，神态黯然，苍老憔悴。空荡荡的庄稼地里，收割时偶尔被遗漏的谷秧或豆棵子，都孤零零地抖瑟着，显出伤感的气氛。而我渴望见到舅舅的心情，却是那么热烈、明朗又急切。几年来，对舅舅颇有歉疚之感，若不是这次出差，也许还……

今天早上刚到机关，县农村工作部部长就分配下任务，派我到全县边远的深山区天马关乡搞农村现状调查。说实话，这真是我求之不得的。自农业学院毕业，分回到热乡故土，我一直雄心勃勃，想干出番轰轰烈烈的事业，但有时理想和现实总是不太对脾气。将近半年的时间，我这个大学毕业的专业人才，都充当着契诃夫笔下那个小公务员的角色，一天到晚，伏案抄写，只能嗅到点被过滤了的田野气息，老驴围磨似的生活快把我窒息了。所以，听了部长的指示，我像久被囚禁的犯人聆听到一纸赦免令，那种兴奋劲，差点被别人误为神经病犯了。我手舞足蹈地跑到街上买了东西，又手舞足蹈地奔向长途汽车站，招致不少奇怪的目光。坐在车上，我也一刻不停地想着舅舅。

舅舅留给我的记忆是那么深刻而又美好，像一瓶醇香馥郁的陈年老酒，不开则已，打开了闻着点味，也会如痴如醉。

舅舅的命运很不济。表哥三岁那年冬天，死神就把舅妈领到了另一个世界。舅舅便拉扯着儿子，过起了清苦的单身汉的日子。舅舅为人和善，他家那里便成了我的童年乐园。尤其在秋天住舅舅家里，则更是一件令人高兴的事。

舅舅是天马关山圈里最优秀的耕地把式。多野性凶悍的牛，到他手中，会变得女人般驯服温顺。他和牛有着一种特殊的默契，旁人是无法理解的。那些草帽子便能扣住一块又贫瘠又僵硬，简直无法使牛的山地，他会把它们翻耕得残埂皆无，死角光净，面簸箩一样松软、暄腾。每到秋天，本村的土地还未耕完，外村就来登门相请。舅舅好说话，只要队长开口答应，他从不讲什么条件。

那一幅幅田野秋耕图，是画家、诗人永远望之兴叹的。它牢固地嵌在我脑海的深处，时间长了竟成了我和土地相连的最紧密的纽带了。

天高云淡，秋阳煦暖，四周的山峦，沉醉在一片淡泊和宁静的状态中。树林杂草，五色斑驳，忽闪着迷人的色调。

舅舅肩上搭着一条长长的鞭子，扶犁喝牛，游走在黄褐色的土地上。他走过之处便绽放出一簇簇流动着的、清香浓郁的泥土。他的鞭子，只是一种点缀，从未见用过，全凭那副敲铜锣似的嗓子使唤牛。“喔咧咧——”的一声，四山回音，余韵不绝。偶尔，牛犯了倔，他便会唠唠叨叨地谩骂着，什么“你瞎了”“我日你个小姨子”。当然，有时不免也要把七姑、八大姨、四婶、二舅妈拐带上，反正都是女性，毫无恶意，透着感情，叫你听了忍俊不禁，妙趣横生。若是正赶上耕白薯地，那就更富有神奇的诱惑力了。我和表哥紧随其后，踩着云絮般的泥浪，时而惊呼着争捡犁痕深处露出来的白薯。到打歇时，我们的小篮子会装得满满登登的。舅舅便捡来一大抱干柴火，点着篝火，让我烧烤捡到的白薯。一会儿，白薯香味便弥漫开来，从火堆里扒拉出来，我们的手不停地倒动几下，便大口大口地吃起来。舅舅就叼着烟袋锅儿，轻轻地松开牛轭，用粗糙的大手，仔细地摸着牛的轭肉或梳理牛毛，那么深沉，慈祥得让人不由得感动。夜间，在野外，我们睡意全无，兴致极浓地跟着他放夜牛。极好的月色，给山野笼上了一层牛乳色的、薄如蝉翼的清辉。山峦，像是为幽蓝的天宇镶嵌了一圈黛色的边缘，呈现着清晰幽静的剪影。一切都透出朦胧、静谧、柔和的美感。而滑润的清风，将洒满幽辉的牛铃声"叮叮当当"地传向远方。夜深了，我们便卧在用几捆棒子秸搭起的"人"字形窝棚内酣然入梦，而舅舅就着月色，认真地翻弄修整犁具，或拿石头砸盐坷垃，留着第二天早上啖牛。

舅舅跟土地有深厚的情感。

"喔咧咧——"，山野间，回荡着一阵苍老而枯涩的喝牛声，那么熟悉，那么亲切。我遥远纷飞的思绪被收敛了回来。不用问，那声音一定是舅舅的。我的心怦然而动，加快了脚步。转过一道山嘴，我看到：阴暗的天空下，飘动着迷蒙的秋雨，舅舅佝偻着腰身，扶着犁，迟缓地前行着。不知怎的，久欲见到舅舅的那种热烈的渴望，倏地，变成了一种压抑。此时此刻，我怀疑起报纸杂志上常见的那些反映农村现实生活的诗篇，到底有多少是真正从泥土中抠出来的。我站了许久，才沉重地走下山坡。

"舅舅。"我站在地塄上叫道。

他"忽"地住了犁，侧过脸，眯缝着眼，凝视良久，终于认出了我。"喜子！"他弃了手中的犁把，三步并作两步跨出地中。"咋恁长时间，也不来个信。"他笑呵呵地责怪着，又分明压抑不住内心流露出的喜悦。

"您老的身子骨还硬朗？"我慌忙岔开话题。

“硬朗，硬朗！山圈里，俺们这茬子人，就顶数我了。”

他撩起已辨不清颜色的夹袄大襟，抹着头上脸上雨汗交织的泥汤汤。无情的岁月，在他面部留下的残酷的痕迹，清楚地显现出来。我瞥见，他原来凸露着一疙瘩一疙瘩肌肉的胸部，也像风化了的岩石般枯瘦。他的腰，像一张失去弹性的弓弩，松弛地弯曲着。

雨愈来愈大了。山野间，响起了一片蚕吃桑叶细碎的沙沙声响。

“瞧见你，高兴得就什么也忘了，你先找个大石头根背背雨，我就剩下两趟活了，明儿个又不值得再来。”

我没听他的话，却默默地跟随在他扶犁的身后。走出几步，他才意识到，扭过头笑了：“你还没忘了小时那当，跟我捡白薯？眼下可是棒子地。”

我无声地点了点。

犁具上套着的那三头牛，太羸弱了，毛梢干涩，如离离枯草，脊骨刀口样削薄，臀部陡峭耸立，沾满粪尿的尾巴，软弱无力地耷拉着，一步一步，走着艰难的步履，时而，还转过头来，蠕动着糊满白沫的嘴巴，用灰白的大眼，漠然地瞥视身后的主人。而它们的主人也并不轻松。舅舅的身体，大幅度奋力倾斜着，几乎同地面形成了三十度的锐角。破风箱似的胸部，发出呼呼嗒嗒的喘息声。“咔！”突然地下发出铁器相撞的钝响。犁杖戛然而止。

“你他妈的瞎了不是？”舅舅气喘吁吁地骂道，又费力地仰起身，提了提犁杖，绕过一根竖出地面半腿高的、锈迹斑斑的铁管。我发现那是当年村里安装的喷灌装置。

“钱呀！”舅舅对着喷灌管子痛惜地咕哝着，“眼巴巴地瞧着全沤了粪。”

暮色飘至，天就更显昏晦了。

二寡妇家的地，终于耕完了。舅舅坐在废弃的水泥板砌衬的水渠沿上，磕打磕打鞋里的泥土，扛了犁。我帮着赶牛，我们边聊边向家中走去。

表嫂真不愧天生一副金不换的好嘴，火炭般地让我和舅舅在她屋里吃饭。舅舅没吱声，但从他那充满厌恶、伤感的眼神中，我似乎明白了他们关系的内幕。

“也是，也是，舅舅亲，舅舅亲，砸断骨头连着筋，嫂子是假心假意，放虚屁！”她极会顺风驶船，就坡下驴，“那就等你表哥出门回来，你们哥俩再好好喝一顿吧！”

舅舅的小东屋，以前是放筐筐篓篓乱家具的，没想到劳动大半辈子，竟又会蜗居于此，我心内十分不平。屋内潮湿而昏暗，一个剥了漆的旧板柜，横靠东墙，狭窄的土炕，毗连着锅台。锅台上，翘起了黑黢黢的嘎巴。外来人，别说吃饭，只往地上一站，就会反胃口。但我不嫌弃，因我的血管内，有一半血液是和他相同的。尽管我见他和面时，树根一样皲裂的手上，连泥土都没有洗净，尽管他切的山药条儿筷子似的粗壮，尽管他的饭和菜，都那么淡寡无味，逗不起食欲，尽管烈性的二锅头酒，像燃烧的煤火球般顺嗓子眼呼啸而下。但我还是大口大口地咀嚼得山响，跟舅舅开怀畅饮起来。

舅舅也显出少有的兴奋。他见我狼吞虎咽、风卷残云的声势，古铜色的脸膛上，又绽放出年轻时的那种舒心的笑容。

这时，院内响起表嫂的声音：“大干部慢点吃，别拉破了嗓子眼！”她扯了五岁的侄儿，身躯如木桶般地滚了进来，将我的提包重重地放在柜子上。

“爸爸，瞧您多福分，有这么一个当大干部的外甥，孝顺您，您可得硬朗哩！”

舅舅流露出不悦。

“提包里的那几个纸包，掏出留给侄儿吧！”我赶忙说道。

“哎呀呀，你连茶水都不扰俺们的，俺们吃了你的东西，也是从肋巴条那儿下去！”她双手交叉搭在小肚子间，见我有些尴尬，就又一本正经地说，“孩子吃不吃的，倒是老爷子这么大岁数了，吃一嘴少一嘴。”

但我瞥见，原来鼓鼓囊囊的提包，似乎塌陷了许多，只是不好意思说什么。

她低下头，对侄儿愤愤地骂道：“家里焦黄焦黄的棒子面贴饼子，你嫌不好吃，非叫唤着找爷爷。”说着顺手从桌子抄了一张大烙饼，硬塞在孩子的手中，“你吃，你吃，吃不了，糟践了，我就拿棒槌塞你！”说完，她又关照我几句，圆圆地滚了出去。“呸！”舅舅冲门唾了口浓浓的酒气，“这个坏了杂碎的！”舅舅猛一扬脖，咕咚灌了一大口酒，用手抹了抹嘴巴，痛苦地摇摇头，“舅舅受的委屈，没法对旁人说啊！”他的脸色透出了凄凉。“八亩地一棵谷子，我就你表哥这么个独苗，全指望他养老送终，黄金入柜哩，这一瞧呀！”他又连连摇头，“那小子啥都有，就是没脊梁骨，媳妇咋捏咕咋是。他们结婚那当讲好的，叫我和他们一堆儿过，谁知结过婚，就变了卦，让外甥你说，我都是土吞脖子的人了，让我跟着一块吃上点热汤热饭，也就歇心了。那不说，我也不光两肩膀扛着个嘴白吃白喝，就这身子骨，啥活还能不干点，谁知？”他用下巴努了努北屋，“嫌我拖累，抹脖子上吊地折腾，我又不能叫儿子从中太为难……”

舅舅的眼窝潮湿了。

怕太勾动他伤心之事，就给他满了一盅酒。又突然想起，上午刚来时，表嫂那诡秘的一笑，便拐弯抹角地询问起来。

“准是那个乱嚼舌根的翻弄的。”

我不置可否地笑了笑：“那您的打算？”

“快甭提这码事了。”舅舅咂了一盅酒，尖削的喉结，滚动一下，“她也是个苦命的人啊！守了四十多年的寡，屎一把，尿一把，把那俩孩子拉扯大，又都去外面混上了事，眼下，都瞧她是累赘，一年到头也不见回来看她一遭儿。她拐着双小脚，在地里泥里滚，土里爬，赶上活茬忙，还要求告别人，那份罪受的！”

舅舅嗓音哽咽，难以成言。

“村里不管？”

“村里？你有儿有女的谁操这份心！”

“那就告他们去！”我不无激愤了。

“告？唉！世上有瓷心的儿女，找不着瓷心的爹娘，谁也不会去现那个眼。”

我听了甚觉得惨然。

“那工夫儿儿，村里有人给俺俩撺掇，我也想，满堂儿女不如半路夫妻，就动了心，她也吐了口。可平常素日连眼皮撩也不撩的那俩孩子，这工夫儿都伸出头，来信说，她一大把岁数了，再朝前走，是给他们丢人现眼，一口咬定不行。咱家的那个乱咬舌根的，更是说三道四。我明白，她怕我有了做伴的，再明偷暗抢地刮扯我，就不方便了。再说将来老了，她还得多破费一口棺材料子钱。一来二去，这码子事也就淡下了。”

这晚，舅舅的酒喝得有点过多，以至躺在炕上，又兴致极浓地跟我唠叨起村里土地承包的事。这自然是我非常感兴趣的。听他的话茬，还是满心眼拥护新政策的。不过，他也还是有自己的一些独到的看法。老人嘛！

“你说上级的政策，赖不？不赖！就是让下边的人给弄砸锅了，也不琢磨琢磨咱当地的摊场，说叫分，一个二指宽的条子下来，就快刀切萝卜，崩儿齐，社里的牛圈，马棚齐里扑腾，你一根椽子，我一条檩，弄回去当啥用？那台拖拉机和那辆大车，分不均，鸡一嘴鹅一嘴乱咬扯，没办法，仨包子不值俩枣地叫山外边的人买跑了。这倒好，秋里八月，背架子又使上了！”

舅舅裸露着的上身，趴在炕沿上，吱啦吱啦地吸溜着烟袋。借着烟火的红亮，我瞟见他怅然若失的神色。

“那您买了几条牛，当把式，还可以？”

“快甭说了！”他打断我的话，语调变得更忧郁了，“那阵子分别的我都不心疼，后来，要卖村里的那三十几条牛，可真捅了我的肺管子，牛是咱山里的宝贝呀！耕地，造粪，哪样能缺它？这帮败家子，两眼只盯着钱，王八吃秤砣，铁了心地非卖。我跟牛搭了大半辈子伙儿，忍不下心肠，一咬牙，就买下了三条！”

“听表嫂说，你给人家耕地，赚了不少？”

“屁！”舅舅懊恼地啐了口唾沫，“卖牛那工夫儿，都只瞧出三寸远，到秋后，要耕地了，又都急扯白脸地来央求我。讲好的，干一天六块钱，等地耕完了，他们今儿推明儿，明儿推后儿的，拿我当鳖捉。你说乡里乡亲的，低头不见抬头见，他给你硬赖，你莫不成去拔他的锅，还是点他的房？眼下的人，越有钱，心眼越尖，哎！”

舅舅大有世风日下、人心不古的喟叹。

“那您还打算干下去？”对他的命运我是极关注的。

“早就腻歪啦！”舅舅十分怅惘，“你没见那三条牛，瘦得让人揪心，再使些日子，该下肉锅了。如今山场都分了，上哪儿放牛去，你敢割谁一根草？再说，我也一年不如一年了，伺候大牲口，也老是悬着心，我思谋着碰着合适的茬儿卖了呢。”

出于工作的需要，我向舅舅打听起本村发家致富的情况，不料却触动了他的肝火。

“全都是在嚼老祖宗的骨头哩！就拿你表哥，我都懒得搭讪他。他分的那片果园子多好，硬是给糟蹋了！小树刚挂果，也不知修剪修剪壮壮树，让它疯结！用不了两年准累趴下。好多老树，本来还带活兴哩，三下五除二全砍了，出山卖了大柴。村里不少人，都这样干，怕过不多久，分到的那点家底子就给败光了，这哪是咱庄户人干的事！”

夜深了。

舅舅扯响了沉闷的呼噜。我却被他的一席之谈搅得好不平静，辗转反侧，苦不成眠。我反复推敲，仔细地回味着他的每一句话。那是因固有传统的局限，因而不理解我们的时代，不理解当前眼花缭乱的变革，或者说已被时代抛弃，而发出的偏颇的悲哀呢？也许，每个年光将尽、日薄西山的老人，都会油然而生一种莫名的苦闷和烦躁。我终是理不出一点头绪。我恨自己虽为县上的农业干部，却不太了解农村的社会现状，太不熟悉这些脸朝黄土背朝天的人了。外面起风了。我裹紧被子，竭力地压迫着自己清醒的神经。

一觉醒来，天已大亮。不知什么工夫儿，舅舅早已出去了。我穿好衣服，看看锅台上摆着饭，毫无食欲，便走了出去，顿感到秋意的肃杀。站在院门台阶上，远远地望见那三头牛，在村前的河边饮水。舅舅正和一人交谈着什么。他发现了我，便连连招手，我跑了过去。

“喜子，你瞧多凑巧，今儿个还没容上套，就碰上个来买牛的，正好你也在这儿，给出出主意！”

买牛的汉子递我一支烟。并打着了火。

“牛，好牙口，就太瘦了！”他很内行地端详着。

“你说卖不？”舅舅看着我。我知道他，进退两难，割爱不下，想借我一锤定音。

“卖！”我很干脆。

舅舅的身子猛地震动一下，装了一袋烟，一连划三根火柴也没点着。

“您还舍不得什么？照这样下去，早晚不也得吃肉？”我又给加了一把火。只见他那张烤烟叶般的脸，更枯燥晦暗了，脖梗筋绷起老高，沉闷了老半天，他的嘴唇才嚅吐出个小棉花桃似的“卖”字。

在我的大力撮合下，买卖双方很快成交。舅舅攥着牛缰绳的手，竟像风中枯枝一样颤抖了好一会儿，才缓缓松开。

我长长地吁出一口气。

牛通人性，果然如此。那三头牛随买主很不悦意地踱出几步，又转回头来，凄凉、哀伤地看着舅舅，似在做无声的诀别。舅舅背过了身，刹那间，他深陷的眼窝浮起了两汪迷蒙的雾，接着，两滴浑浊，爬虫似的泪，顺着皱褶，扭扭曲曲地淌入嘴角。他的脸上，留下两道闪亮的悲哀。凝视着那三颗渐渐淡远的黄点，舅舅梦呓般地道：“村里再也没牛了，没牛了。”

天空高旷了。忧郁的云也淡薄了，云彩的某处，透出一轮圆圆的橘红的亮色。四周的山峦显得格外的空旷。我本来计划当日返回天马关乡政府，但又突然决定不走了。想陪着舅舅好好待上几天……

琥珀色的黄昏

夕照曳着黄昏悄悄地来了。

林子间很静。那褐色泥土上嫩草织出的迷蒙的绿色，那一株株泛着蛋青色光晕的白杨树干和枝丫间猫耳朵般大、嫩黄的、毛茸茸的叶子，都像浸放在琥珀色液体中的植物标本，融出一个质感纯净，柔和明亮的意境……

他们俩又坐在林间的那块石头上，两头白发，如两座对峙的雪峰。像往常那样，开始谁也不说话，而是让苍老的目光，透过林子默默地望着不远处的那座村庄。此时，乳白色的炊烟就轻轻浮起，挂在村中那高高的树梢上，又被夕照染成橘红色的温暖。

“也不怎么的，”她的目光仍凝视着，“这些日子我……吃得不太合适了。”

他迟缓地转过头，那张很皱巴的脸上，表露出关心和询问。

她也侧过头。她的脸比他白胖，嘴角的弧形皱纹很深，嘴略显得瘪些。

“人得有良心，咱一个人在家时，受苦巴累的吃的啥？到在这儿了，顿顿有米有面，刚得个头疼脑热的，就有人端汤送药，比儿孙满堂咋？人不能没良心！”

“那你这……”他更疑惑了。

“我是想家了。”她用手抹了把眼窝子，“老了，老了倒没出息了。”

他摩挲着胡子的手停住了，脸上笼了层不太明显的怅然。

“你呀！硬是叫福烧的。”他瞟了眼养老院房顶上那架电视天线，“我们屋那老哥几个，闷得发慌了，就去瞧电视。”

“吱吱哇哇的我瞧不懂那玩意儿！”

“我们也是瞎瞧，磨工夫儿儿！”

“除了有老戏。”

“对！除了有老戏。”

沉默。

一对青年男女，从林边走过来，男的胳膊很优美地揽着女的腰，走得很慢，也许发现林子里有人，稍住脚，又像电影慢镜头似的，转向那条僻静的开满野花的小路。

“其实，到咱们这把岁数，”他边说边收回目光，但有些散乱，“有吃有喝有穿戴，不挨脸子受气，就算积德了，还能图个啥？”

她听出，尽管他把话说得那么轻松，可是里面有股很凄惶的味道。

“你甭老给我宽心，干吗这些日子，你也老来这坐着？”

他被问住了，目光渐渐黯淡，茫然地低头，盯着脚下，那里有只蛰虫，正一拱一拱地钻出地皮。

“唉！也不知咋的，自打天气一打春，我就老闻着有股味，那味，老叫我心里发慌发空，没着没落的。”

“那，你也想家了？”

“嗯！受苦的命，我想原来家里养的那只黑狗，通人性。”

“你还不知道我喂的那只豆腐脑色的母鸡！”

“我那老黑，老跟着我，那个鬼东西，它什么都知道。”

“我那‘豆腐脑’更灵，甭管出去找食走多远，一有了蛋准颠儿颠儿地往回跑，红着脸进鸡窝。”

“那年我病了，躺到炕上起不来，老黑硬是上村里叼着赤脚医生的裤脚回来了。后来，它趴炕上，用舌头舔我，那滋味想起来，老叫人想掉眼泪。”

“我那‘豆腐脑’下完蛋，不跟别人家的鸡似的，咯咯嗒咯咯嗒没完没了地报功，它不，它悄不声地上炕趴在我怀里，一伸脖一伸脖地吃我手心里的棒子豆，就跟个听话的孩子似的！”

“那年非一刀切地打狗，我那老黑……”

“我那只‘豆腐脑’，也叫该死的黄鼠狼给掏了。”

“唉！我想回去也回不去了，”他无限惆怅起来，“来这儿时，我把房子送村上了。”

“你们男人，到什么年月都缺心眼儿，我那房子，我不合眼，谁也甭动。你别瞅它是老房子，挺宽绰，挺亮堂，那炕也好烧，好歹塞把烂柴火就滚烫，要烙个腰眼，焐个老寒腿那可叫舒坦。”

他凝神地听着，很痴迷，眼睛里流露出老人的那种深沉的渴望。

“院子也大，养几十只鸡有富余。”

“要我是你，就一个人回去养鸡，现在鸡蛋值钱，再说，好歹心里有个着落。”

“我不是没想，可眼下还爬得动，走得动，养个几十只鸡……就是老爱闹黄鼠狼，还有老觉着一个人发孤，连个拉个话儿的都没有……”

“要我的老黑在就好了，其实，再养一条就行了。”他们都不说话了，又转过头去，透过林子那么深沉地凝望着。

村边，那片土地上耕种的人，收犁了，赶着牛，悠闲地向村里走去，被夕照映成一幅生动的画面。

“他们回家了！”

“他们回家了！”

……家……

……家……

他们嘴里喃喃着，眼窝里溢满了泪水。

又是一个黄昏。林子里很静。草仍绿着，白杨树仍立着，夕照仍如琥珀色的液体，静静地流荡着。

但林中那块光滑的青石头空着。

但林中那块光滑的青石头空着。

苦涩乡土（四篇）

石榴

石榴，正处在一掐一股水儿的年龄。

初来乡政府当话务员，心里头老像关着头小鹿，眉笑眼笑，出来进去，嘴上挂着串唱。惹得不知从哪儿飞来的一对儿花喜鹊，站在墙外的老槐树上，跟着瞎应和。

石榴有面小镜子，总爱偷偷地照自己，或站在窗前照天照地，她觉得世界就像幅水彩画那么美。不当班，闷得发慌，就跑到伙房寻活干。做饭的老头挺胖，一副老太太脸，慈眉善目，一笑不大的俩眼就陷入肉里像弥勒佛。

老头问："你哪村的？"

石榴答："寒露沟的！"

"寒露沟出漂亮闺女，认识小玉吗？"

"杨小玉？"

"嗯！"

"就是我妈！她早年也在这儿当电话员！"

"呃！我瞧长得那么像哩！考上来的？"

"嘿！考是考了，末了，还不是书记伯伯的一句话。"

老头若有所思地"嗯"了声，不言语了。

石榴的书记伯伯，老早以前就是这儿的公社书记，后来公社改乡又变成乡书记了。书记模样很周正，花白的头发总梳理得纹丝不乱，衣扣总扣得严严实实，那张脸总那么温和，颇具长者风度。

老格局，话务室与书记办公室兼宿舍隔着壁。早早晚晚，石榴总要送去两暖壶开水，顺便将屋子打扫干净，包括倒痰盂。书记就说："石榴，我的眼力不差，你真勤快，给我当闺女吧！”

石榴就脸红红道：“怕不够格哩！”

书记便温和地笑：“多漂亮，像画报上的女演员。”

石榴喝了枣花蜜似的舒坦，高高兴兴回话务室去了。其实，石榴心里真把书记当父亲看了。她的父亲，是个铁路工人，在外省的工地上干活，很少回家，好像跟妈妈不和，对她也冷冰冰的，她没得到什么父爱。石榴托人打县城买回几斤好毛线，跟着电视学编织。她有个秘密，到今年秋凉了，才能叫人知道。

余闲了，石榴仍去伙房。老头说：“石榴，电话员转不了正，没有干长久的！”

石榴说：“不转正，就不转正。”

老头说：“石榴，回寒露沟吧！那儿山好，水好，做啥都能吃饭！”

石榴就笑：“当电话员好，一天价有人跟说话，能听见好多好多新鲜事哩！”

老头还想说什么，嘴唇嘬了嘬，叹出口气。石榴觉得老头挺古怪，挺有意思。晚上，石榴边打毛衣，边值夜班，电话铃就响了。是书记。真逗，隔着层墙，还用打电话，她赶紧跑过去。

书记卧在床上，说下乡让车颠了腰，疼得钻心，叫石榴给捶捶。

女儿应该给父亲捶腰。

书记说：“石榴，你的手真软乎，棉花桃似的，怪舒坦！”

石榴就捶得更欢。

书记翻转身，抓住石榴的手，用他那双宽厚的大手，不住地摩挲：“真白，真嫩，真软。”

书记的大脸上充满慈祥，石榴心里洋溢着被父亲抚爱的温暖。她鼻子酸酸，很想叫声“爸爸”。

一只大手沿着胳膊，滑向肩膀，在她细嫩的脖颈间绕了圈，又很快滑向她胸脯挺起的那两块地方。

父亲也抚摸女儿这儿吗？

那张大脸仍带着温和的笑，两只眼神却浓缩成两点香火头的红亮，灼得石榴受不了。

“伯伯，您别……”

“石榴……”

书记出气粗糙了，那只手在摸索她的扣子。

石榴慌乱了。

话务室有人敲门。

石榴妈从寒露沟来了，说要找书记待会儿。她看妈跟书记聊得热乎，就回了电话室，心里有一种古怪的感觉。

窗外，夜色很深。

早上，太阳朗朗地照着，该醒的都醒了。石榴没醒。她用一根麻绳把自己挂在墙外的那棵老槐树杈上了。满树槐花开得白烈，吐露着略带苦涩的香气，浓浓的。那对儿花喜鹊，仍站在树梢上啼。

石榴睡着了。睡着的石榴，光洁的额头，长出许多深深的皱纹，刀刻般生动。

树下，一件没织完的浅驼色毛衣被烧得只剩几块乌黑的痕迹。

还有一块明亮的镜子，碎了，映着碎了的天空和早晨。

书记醒了，习惯性地去办公桌上摸烟，才发现没挂好的电话耳机，一直斜棱着，如一只偷听的耳朵……

斧子

老黑奶子死了。野老鸹先发现的。

野老鸹黑了三天，叫了三天，儿子们才来。她死得很安静，半边胸脯吻着那座坟头（那是她老头子的坟，死了二十多年了），一只手咬着斧把，斧刃口咬着坟边。那棵半死的不很粗壮的山桃树，没被咬断的树桩下，有些碎木屑，白着。一线蚂蚁，缘树根而上，爬过斧子撑的桥，向她亮着的半边脸，黑过去。

老黑奶子被埋了。

那间小破房，装了她二十多年的寡妇日子，又变成了一副棺材，薄薄的，装了她的死。大儿子金山三十锹土，二儿子银山三十锹土，三儿子铁山三十锹土。

她再不用砍柴了。她的全部遗产：一把斧子。刃口上也爬满了锈。山杜梨的木把，中间的亚腰，很深，又黑又亮。

三兄弟的眼睛一齐落在斧子上，又一齐扬起，对成几条线。都明白，当年，爹的斧子。儿时，都用它上山砍过柴。它早就死在记忆里了，可娘死了，老斧子却又活了……

金山的目光刮了银山，又刮了铁山，猫腰捡起了斧子：“我，老大……”

银山的眼睛亮了，铁山的眼睛也亮了。几只手同时咬住了金山的手：“娘大家的，斧子也是大家的。”

三对目光，叮叮当当地碰撞，撞出了火，乱咬着的手就冒汗，黏黏的。

金山说：“抓阄！”

银山说：“抓阄就抓阄！”

铁山说：“最公平不过！”

对峙着的三“山”松弛了。平缓了。金山抠出块纸，做阄。

“不行，”银山道，“你打小心眼就尖，我老二做阄不偏不向。”

铁山抢过来道：“你们都是哥哥，阄要我来做。”

于是，坟前三“山”又绷成一个仇恨的三角形。

“我有个招儿，”铁山说，“把斧子放在一百二十步开外，咱们预备齐朝那儿跑，谁抢头里，斧子就是谁的！”

银山同意了。

金山脸上犹豫。他比银山大两岁，比铁山大三岁。他挤巴挤巴红眼边，也终于同意了。

秋天，天很远，山黄了，树也黄了。山根下，那块地里的谷子才割过，很开阔。

金山，老大，自然由他喊口令。

兄弟三个，三支脱弦的箭，一齐向那把斧子射去。地皮哐哐地颤动着。金山绊倒了老二，又要去绊老三，铁山早一蹿蹿地到前头去了。

“我×你妈！”银山滚起来，拐着腿，纵身拽住金山的袄襟，“给我玩黑的，谁也甭想要！”

金山挣脱着：“我×你妈，撒手！”

铁山举着斧子回来了，冠军举金牌一样，满脸灿烂。金山和银山大口大口地喘着气：“我×你妈，老三……”

“去吧！”铁山的胸脯一紧一松的，“咱大家的妈！”金山、银山同时操起铁锹，返回去，打坟头上，各铲下三十锹土，边骂着，走了。

铁山拿着斧子，也向回走，很轻松，很得意。他不住地打量着斧子，心想，旧是旧点，磨磨还能用。他要让村里人都知道，他娘唯一的遗产，被他得了。

老黑奶子的坟头，凹着，一只失去眼珠的眼窝，注视着丰硕的秋天。空空的。湿湿的。

跳井

啪！

一记很“肉肉”的响，在地头间炸裂。打歇儿的脑袋们晃悠着某种骚动，某种惶惑。以为是憋之愈久的屁，谁放的？或村人无赖吹破了避孕套的无聊。

那记“肉肉”的响，传荡着。让初春的死寂，和与初春疲累得很死寂的人们有了活气。眼睛。男人和女人的，穿透乏懒和土尘一时俱机警了，每个人的目光，都在别人的面部滚动，探寻。每个人都是无声的审问者，和无声的被审问者。目光在空气中相互撞击，与村人同乏累的农具，折射着山间的春寒，铿亮而孤独。

一个大寂静，薄薄地裹了一个很尖锐的不安。也就是那记“肉肉”的响，源于何处？源何而发？

那个被唤作富安的人物，就像某部长篇小说中稀松的情节，很易被人忽视，抑或是记了也很快就被忘却。村人之于富安也如此，如同某个懒散的保管员丢在仓房里某件可有可无的农具，蔽满蜘蛛网和灰垢，直至用时，方恍惚忆起，或被提及。

但若干年前，那个初春的前晌，在一群劳作打歇儿的村人中，平日毫无声迹不被人提及，或被人易于忘却的富农的儿子富安，甚或比某个运作了非常手段的歌星一夜走红更迅疾，我小说中人物富安，只让“啪”的一响，刹那，便在村人前很辉煌地亮相了。目光如一只只饥饿的苍蝇，终于寻觅到某块腐烂物质“哄地”齐齐地落满富安那寡白的面目。又齐齐地叮住那寡白面目左边渐渐隆出的五指的痕印，那痕印很红肿，与好莱坞明星大道上的痕印不一样，富安脸上历历的痕印，属阳文。以寡白的面目为衬底，实属夺目，刺眼，耐读。村人少文化，但尚可从五个痕印，明朗朗地读出手印的含义。

“呸！敢在老子头上滋尿！”

空中收回一条臂膊的弧线，尚激动的手落在腰间，掐着。村人根存是在富安脸上发表作品的作者。根红苗正的根存，确很勇武。与弱小又面目寡白的富安对峙出极大的反差，如此的对峙，显得滑稽而又不真实。但富安并不怯弱，不怯弱的富安不在于躯体，却在于他的气质，他站在那儿，如被上司严斥的兵士，目光很笔直。身子也很笔直。似乎村人根存的一掌打得富安雕塑了。

又一阵很腻腻的声响，传荡开来，但不是发自现场的村人，它是打村人背后那道土坎儿下的某个角落，颤颤地浸出如地下涌出的泉。村人根存的婆娘，一匹偷吃了鱼挨了主人打的猫般，捂了面孔，在那儿呜咽。村人只能看到她消瘦的后肩胛，极节律地耸动，碎花夹袄间的花朵图案，一时生命般摇曳，很灿烂。

但若干年前的那个初春的前晌，站在他生命的尽头已被根存在脸上发表过作品的富安，仍笔直地站立着，在那个落落人独立的瞬间，他的思绪肯定把二十八年的人生路程朝回走了一遍。他也肯定想到在绵长的二十八年里，他始终像一只鼠，躲避在被村人遗忘的幽暗的角落，夜以继日地舔吮自己与生俱来的伤口。

富安不是一只鼠。

富安是个有血有肉、各项功能都很健旺的男人。

村人根存的一掌，击垮了富安生命中最主要的部分，也是一个男人的核心所在，生命的尊严！富安在用始终笔直站立的姿势支撑着的尊严。

接下来的情节，就十分地急转直下，也叫戏剧性的变化。事后，据当场的许多村人回忆，都核实不清，那天富安是先走，还是后跑，或者是先跑，还是后走。但有一个细节，起码有三个人记住了，那就是当富安做出庄严的决定后，他决绝地脱离了村人，但就在即将远去的时候，那个土坎儿下的某个角落浸出的呜咽，很有穿透力地抽打了他的脚步，他走动的腿千真万确地抖动了一下，但很快又恢复了坚定。

村人有最先觉悟的，因为富安走去或跑去的方向，是山间土地上的一眼浇地的深井。谁发一声喊，就如追撵一头被击伤的兽，村人的脚步在田间骤然响起。现在，无论是否有人记起，并不重要，但我执意以为富安开跑了，他必须实践那为了找回自己而又必须消失自己的庄严的决定。富安在村人眼里的最后定格是，他用自己保存了二十八年的身体，在初春的空间划了一道非常优美的弧线。那眼井的水，欢快地飞向空中，很白，很亮，很冷。其实，富安入井少顷，便被打捞上来，但捞出的是他的躯体，而他的灵魂却沉入井底。平整地躺在井边的富安，脸仍很寡白，但活力着某种很震慑人心的平静。

在这里最不容忽略的一个细节，牢牢地磁住了村民的眼睛。平整地躺在那里的富安，肚子下面男人的那个物件蠕蠕地直竖起来。与其体格相比，极不配套的硕大，将裤子凸起一个棚。它很像18世纪法国资产阶级革命家在1789年8月26日制宪会上宣读人权宣言时，那只很激动的麦克风。

富安死后发表的作品，让女村人产生了许多很激越的幻想。

村人根存对着平躺的富安啐了口唾沫："驴！"

月圆了，月缺了

小来春溜出了家门，来到街上的时候，那轮月亮，正挂在村边的那棵老槐树上，就如一枚熟透了的、又圆又大的橘子，散发着诱人的光泽。

街上很静。

家家户户，正坐在扫得光光净净的院子里边吃月饼，边赏中秋的月亮。

刚才，小来春家也在赏月。圆桌上，摆满了各式各样的月饼，还有焦黄的大鸭梨，水灵灵的葡萄。

爹和娘的脸笑得比天上的月亮还圆。娘手里拿着块月饼，仰头望着天上的月亮说："咱们全家齐了，要好好过一个中秋节。"

小来春听娘说的话别扭，怎么能算是全家都齐了呢？奶奶不算是家里人吗？干吗不请奶奶来？他坐在小凳子上，望着那轮月亮呆呆地出神。想起了六岁那年中秋节，他坐在奶奶的怀里。奶奶跟他分吃一块月饼，给他讲月亮里小白兔的故事，还给他哼唱那首歌谣：

月缺了，月圆了，
八月十五人全了。

人全了，真欢喜，
又吃月饼又吃梨。

“来春，傻孩子咋不动嘴？瞧你哥哥、姐姐他们……”

爹送过来一块五仁月饼。他凑向嘴边闻闻，怎么也闻不出跟奶奶分吃那块月饼的香味了。他想着奶奶，便谎说肚子疼，吃不下。

爹说他没福，娘说他没福，哥哥姐姐也嘲笑他，咋一赶上过节就添毛病，都劝他先回屋躺着去，明儿肚子好了，再补缺。

后来，他抽个空就悄悄地溜了出来。他要跟奶奶分吃自己的那块月饼，还想听听奶奶给讲月亮里的故事。

月辉，像清亮的水，静静地泻在小街的石头上，石头仿佛都轻轻地漂浮起来了。

小来春朝前走，自己的那个变得又高又大的影子，就在前面走。他掏出兜里的那块月饼，举起来，那个影子也举起一块月饼，他觉得很好玩。

奶奶家到了。

奶奶住的是老房子。小来春不明白，奶奶都八十多岁了，爹和娘干吗不让她跟大家一块住又宽敞又亮堂的新房子，却叫奶奶一个人住这又破又烂的老房子？平时，吃个什么新鲜的东西，娘还老嘱咐，别跟奶奶讲。

奶奶知道今天晚上是中秋节吗？

奶奶的屋里没开灯，灯早就坏了。小来春跟爹说过，爹老说给修给修，可就是没给修。他很生爹的气，奶奶说：“你爹忙，没修就没修，我一个人摸黑摸惯了，也干不了什么活。”

屋里很昏暗。小来春不害怕，晚上，他常来陪奶奶说话。小来春不用看，凭感觉就知道，奶奶像往常那样靠着被垛坐着，那双眼眯着，两只手搭在平放着的腿上，脸跟前，放着那张从不挪动的小炕桌。

“奶奶，今儿个过中秋节了！”

奶奶一动不动。

小来春知道，奶奶耳朵聋，眼神也不济。便凑近奶奶的耳朵眼，又大声地重复一遍。他似乎觉得奶奶模模糊糊的头，好像点动了一下。

小来春高兴了，学着大人的样，把月饼掰开，搁在一个盘子里，把盘子端端正正地放在小桌子中央，脱鞋上炕，盘腿卧脚地坐在桌子的另一边。

“奶奶，我跟您团圆了，您今儿个，还要给我讲月亮里的那只小白兔的故事，它到底犯了什么错误，老罚它抱着个石杵子，没完没了地捣药，捣好药给谁吃？”

“对了！咱们还是先吃月饼吧！吃完月饼再讲就有劲了。”

小来春拿起一块月饼送给奶奶：“您吃吧！爹说是五仁的，又软乎，又好吃。”

奶奶仍一动不动。

“奶奶您怎么了？”小来春凑近问道，“甭怕我娘又打我，我出来他们谁也没看见。”

奶奶的眼眯着，嘴半张着，像睡着了。

小来春摇摇奶奶，把月饼搁在奶奶摊开的手里，月饼又滚落在炕上。

小来春捡起月饼，去拉奶奶的手，奶奶的手又硬又凉。他闹不明白，奶奶的手为什么变得又硬又凉了。

“奶奶您是懒得拿了？”小来春跪在奶奶的跟前，双手捧着月饼，凑向奶奶的嘴，“那我就喂您吧！”

月亮透过破窗子的窟窿眼，变成了几枚闪光的银币，落在乌黑的小桌子上，忽闪忽闪地眨动着。

后遗症（三篇）

后遗症

那块用广告色涂抹的牌子，装潢粗劣。女人的面部画像，龇牙咧嘴，不像在招徕理发的顾客，倒容易叫人联想起那幅著名的油画中受难的耶稣。

他迟疑地迈上高台阶。

房间不大，又似乎很深，光线十分暧昧。他环顾屋内，不见半个活物，静得惴惴，便咳嗽了一声。

“理发？”屋深处，蓦地响起个黏着的声音。透过层灰蒙蒙的间隔玻璃，他瞥见于一团热腾腾的白色的蒸汽中，浮动着一颗赤红发亮的头，如毛雾中的太阳。

“刮脸！”他应了声，就坐在了那把黑腻腻的椅子上。镶在壁间的镜子，使他与自己孤独地对视。一张干枯的脸，皱纹给割出无数不规则的碎块，像一片被粉碎的陶片，又硬用某种东西给粘拼起来的。屁股底下“咔啦”一响，他失重地向后仰去，一方滚烫的毛巾，敷住自眼泡以下的地方。他的脖颈僵硬了，只好把眼角的余光，斜射向那颗赤红发亮的头，酸酸地挂不住，又渐渐滑落到那只太圆太圆的鼻头上，放射开去：那是一对大且深的眼，探也探不到底，嘴角两侧挂着括号似的皱纹。他觉得似乎在什么地方见过此人，又一丁点儿也回忆不起，只好将其归入自己大半生所遇到的那些既熟悉又陌生的人里。

那人正冲他笑，弥勒佛般地笑，两股笑落入他的眼睛却变成两条虫，冰凉，蠕动着钻入他的骨髓，他打了个冷战。热毛巾窒住他的呼吸，心跳次数加剧，那根衰弱的神经，随时都有断裂的危险。血汹涌到脸上，试图从汗毛眼挣脱出去。他紧张地“唔唔”两声，但很模糊。那弥勒佛般的笑，对着他正在一圈圈扩大着。

他用手指指敷着的毛巾，表示已敷好了。便听到身后剃刀子摩擦板带的响声，长短错落，此起彼伏。一种阴冷的感觉，很快浸淫了他体内的各个角落。大半辈子，他背后挨过无数次“刀子”，但又不知道是从何方扎来的。他苦苦寻觅着“凶手”，而被怀疑者的脸上总都带着弥勒佛般的笑容。

眼前黑影一闪，敷着的毛巾去掉了，窝在肚内的气流一下子泄发出来，顿感呼吸无比畅通，身子却异常乏软无力。一把闪着冷光的剃刀，横过来，横得他眼珠发冰。那根短粗的大拇指头拨了几下刀的刃口，便发出“飞儿飞儿”的很锋利的细响。“祖传的好刀子，”弥勒佛般的笑灿烂地绽放，“用它杀猪都行！”

他不由挪动下身子，想挺坐起来，也许，他还想到今天这胡子：“我不刮了！”

“别动！”

他的下巴被一只大手握住了，很有力，有股阴森森的风“沙沙”地刮过他的两鬓、耳根、上唇与下巴。突然，又停住了。接着，刀子和板带的摩擦声，痒得他头皮发酥。下巴又被重新托了起来，他的两颗眼珠子努力向下滚动，眼里闪着道凛凛的白线，白线一端翘起的那根小拇指上，有一撮浓黑的毛儿。

“不，不刮了！”他喉咙里央求道。他也不知为什么会变得如此虚弱和恐惧。

“挺大岁数的，开什么玩笑，留着什么用？”

“不！”

“别动！这可不是闹着玩的！我的刀子和你的命只隔着层精薄的皮儿。”弥勒佛般的笑，依旧灿烂，“放心，很快，不会太疼！”

他好像悟出点弦外之音，恐惧深深地攫住他，又一次想挺起身，但头重脚轻怎么也起不来。

“跟你说，别动，别动！”

锋利而冰凉的刀刃，横在他的喉咙管上。他甚至感到那根神经正和压着的刀刃奋力抗争。他渴望现在有人进来，但在这时候，好像世界上的人都死绝了。

“不！”他拼尽全力大喊一声，狠劲地拧动脖子。只听“扑哧”一声，眼睛的上方，瞬间便盛开无数朵鲜红，纷纷洒落在脸上，滚烫而黏稠。

“杀人了！”他负伤的野兽似的吼了一嗓子。

那朵朵鲜红，更热烈地盛开着。那个弥勒佛般的笑消失了。只有那颗赤红发亮的肉肉的大脑袋僵在了半空。

归去来兮

人生是个荒诞的圆。

他也不明白带着老伴怎么就溜达到了这个地方。若干年前的那个春日，也有这片草地，他平生头次吻了这个后来成为他妻子的女人。

日光如初，草地如初。草地边被人踩踏得发白的小路也如初。时光的流逝没留下什么痕迹。

而当初的人呢?

老伴的头发被风飘动着，枯干萎缩的脸上那双漠然呆滞的眼神，直直地注视什么东西，可能什么也没注视。

她患了种奇怪的病症。

那是他好不容易熬了个小县城什么局的副局长不久，妻子就患了这种怪病。她谁都认识，就不认识他，他叫她做什么她也做，但就不认识他。发病厉害时，她就只重复一句话“她找不着他了”，梦游似的满世界转悠，呼叫他的名字，使人毛骨悚然。各大医院几乎跑遍，却都称是一种非常奇特的症状，得不出什么准确的诊断结果。江湖医术、民间偏方，能用的都用了，仍没希望。为此，他很懊恼。

他走过的前半生是挺不容易的。从三十多岁当上了副局长，就这么一直“副”到了现在。民间有句顺口溜：“老干部别害怕，不进政协进人大。”可等他退下来，这届政协人大“客”满，两扇门对他关死，咋叫也叫不开。如今，想起官场沉浮，都似过眼烟云，很可笑当初的那般执着。倒是眼前的景物，把他睡了若干年的记忆又唤醒了。其中，流去多少个春日，他怎么就没想到这块地方？而今回想起来又是那么生动和清晰，仿佛就在昨日：年轻的他和她，沿着那条发白的小路携手走来。她穿着灯芯绒的方口偏带鞋，一对乌黑油亮的大辫梢上，系着淡绿色的发带。他从草地上掐一朵野花，别在她胸前的第三个扣眼上。她对他那么含情地笑着。他就吻了她。她的双眼微微闭着，日光，就在睫毛上跳动……

他咂咂嘴，当年那股带有牙粉味的清香似乎仍存。老伴魂似的跟随着，木然的眼扫过他的脸，又扫向别处。他拉住她的手，充满柔情地问道：“你还记得这块地方吗？”她看看天，看看地，怔了会，又讷讷地说：“记得！当初，我跟一个男人来过这儿，他还亲了我，那是老早以前的事了。”

“那个男人就是我！”

她摇摇头：“不，你不是他。”

他摇着她胳膊：“你再仔细想想，我是谁？”

“你是另外一个别人。”

“我就是你男人！”

“别胡说，他都丢了好多年了。”

他沮丧已极，低头发现路边又有那么朵小野花，便猫腰掐下来一朵，别在她胸前第三个扣眼上。她用手捻着那朵野花，枯干的脸稍显柔和地说：“当初，我对象就给我别过这么一朵野花。”

“那就是我，就是我，淑玲……”

他惊喜地抱住她。她没有反抗。他就像当初那样吻了她。她突然推开他惊叫道：“马仲林，你就是我的马仲林。这么多年，撇开我，你丢哪去了？”说着，又扑向他怀里，哽哽咽咽：“你到底回来了……”

他的老泪唰唰地流，淌在她花白的头发间。他也不知道，自己是丢了，还是丢了某种说不分明的东西。但现在他很清楚，他真实而完整地回给了她。

因为这里在小县城边上，闲人来的不是很多。初春的日光，就那么懒懒地照在草地上。

造型

等父亲最后一次从死神那里回来，那是我们几个匆匆赶来之后的事了。当发现我们如众星捧月都围着，他枯纸样的脸，竟渐渐洇开红润。

“你们都来了？”他习惯性地摆摆手，“坐下，都坐下谈嘛！”

他那回光返照的自如，把我们吓蒙了。

父亲朝母亲做了个手势，母亲会意，扶他起来，又在背后倚了被子、枕头。他环视我们一圈，又嗽了嗽嗓子。

我们都思忖，或许他要留个遗嘱什么的，比如家产分配，母亲的赡养之类的。

“现在，我宣布开会！”他声调不高，却透着肃然。

对“会议”这个词，我们并不觉得生硬，就像别人听到“说说”“聊聊”那样自然。但今天这场合，我们真不知该哭或该笑。

“愣着做什么？”父亲盯我一眼。

母亲像个十分得力的女秘书，打床头柜里抽出沓红字头的公用笺（那是父亲原单位的）递给我。我有一手漂亮的钢笔字。

父亲满意了。他习惯性地抬手理理头发，但不太理想。接着说：“根据我的病情，看来我病情的形势是不利的，这样，我特做如下三点安排。”

他讲的头一点，根据上级指示精神，丧事从简；再有他说，哭不哭他管不着那属于个人感情问题嘛，关键是如何通知我们的爷爷奶奶、单位领导，才是原则性的。

我们有人嘀咕，他生气了：“有什么问题下去交换嘛！”他讲的第三点是，如果火葬那天，有比他职位高的也去，千万指示司机不要超车。

如快刀切脆萝卜“咔嚓”，父亲后半截话断了。脖颈突然昂起，像要引吭高歌，却听他嗓子眼里，响起抽水烟袋似的声音，接着嘴唇就惨白了。

我们都打了个冷激灵。

父亲耷拉着脑袋，软软的，嘴角淌出口水，却没倒下。我们一时忘了喊大夫，扑上去哭叫。父亲微微动了动，那垂着的右臂，竟神奇地抬了起来，像若有所待。病房内的空气顿时就凝固了。

父亲手指的方位，正是我刚坐过的地方。我们呼叫着：“爸爸您刚做过的指示，我们全领会了，您就放心吧！”

手臂没落下。

又呼叫：“您的重要指示，全记录下来了，一定认真贯彻，坚决执行！”

手臂仍指着原来的地方。哭声全刹住了，所有悲恸，化作一个目标：解谜！一个死者的悬留之谜，半晌，母亲突然大彻大悟道：“签字！会议记录，你父亲还没签字！”当把父亲那杆秃尖的老式钢笔，塞入他那只摊开的手里，天啊！那失去感觉的手竟缓缓握住了。

“那我就没办法了！”母亲哭着叨念，“你已签不了字了呀！”

父亲那握笔的手，仍固执地握着，似乎有渐渐举起的感觉。

阳痿

坐在局长的位子上的真是你吗？你是谁？不是坐在吉卜赛人的飞毯上吧！怎么竟飘飘然起来了。俯瞰脚下会场，在氤氲缭绕的烟雾中，浮动着一颗颗黑黢黢的人头。你不禁毛骨悚然。千万别跌下来，若是不小心跌下来准会把那些头们砸得个万朵桃花开，你最终也会被淹死。

“局长，给——”随着一声柔媚的猫叫，一双白皙而纤长的手捧过来一只杯子。

一股凉气，自脚底直蹿上脑门，很快便蔓延全身，你的头皮触电似的发麻。又是酒酒酒，你 × 酒氏家族所有的女性。然而，一股温热而清香的味道，女人舌头般舔吮着你的鼻孔，啊！原来是一杯茶，真正的茉莉花茶。其实茶叶早已沉底儿了，但你仍晃动脑袋，人模狗样地来回地吹动几下，并毫无目的地凝视片刻茶水被吹动的波痕。这个优雅的动作是你从他那儿学来的，简直惟妙惟肖。本来你渴得嗓子吱吱冒烟，恨不得扬起头驴饮一通，但又只是轻轻小呷一口，他不也是这种饮法吗？怎么总是他他他，你哪去了？丢到爪哇国去了？“同志们，开会了。”会场里，怎么会响起跟他一模一样的阉鸡的叫声，你那沉宏宽厚若洪钟大吕的声音呢？猛然，你意识到自己两腿间，像刚遭受了重型战斗机的狂轰滥炸，出现了一片荒凉的废墟。你还人模狗样地主持什么会？你这个不男不女的狗男女根本不配坐在这里主持会！

下面冒出几股山西老陈醋般的阴笑。

在这个世界上，你最讨厌的是你的妻子。自打你当上了小县城的某局局长，她竟模仿起电视剧中日本女人的做派。每天，她像嗅觉灵敏的狗一样，能从楼道响起的下班回来的杂沓的脚步声中，听出是你回来了，并提前打开门，又侧身一旁，那么甜了吧唧地说：“你回来了！”再缓缓软下腰身，这一连串的表现只能陡增你的恶心。人家日本的娘们个个都精巧得像小工艺品似的，而她的腰刚一猫下，那尊得天独厚的屁股就双峰突兀，使房间顿时瘦小许多。好几次，你都想照她屁股上踢上几脚。若不是她这个大屁股军师，你何以变成了现在的狗男女？何以变成了他的最低劣的赝品？

当初，刚到局里上班，你总好耽于一种荒诞的想象。要是对他的肚子开上一枪，那喷涌而出的一定是酒，散装老白干、烈性二锅头，各种叫不上来名的大曲二曲三曲和双沟洋河五粮液，准保三天三夜也流不尽。两年前，政法学院毕业的你，来局里报到，若不是他一个臭气熏天的酒嗝，你绝不会对他当时的冷漠和倨傲采取回避，那时你正书生气十足。倘若当时你真的不知天高地厚，那么，后来的日子怎么过来，也就难以预测了。还会有今天吗？你感到一种莫名的后怕。

墙角的煤气炉，吐着蓝幽幽的火苗。基本上隔不了两天，局里下班后，他的办公室就成了二厨房。

他的业余厨师，局里某科室的职员绰号“竹竿”，炒得一手好菜，自然就成了他的业余厨师了，只要他说要喝酒，“竹竿”就会留下来自觉地值班，而且那副谦恭的模样让人看了深深地感动。可惜，到现在竟连半个科长也没捞上。

“喝！小林！”他冲你命令着，那口气绝不亚于老子对儿子。其实，你早就体验到了他是全局所有人的爹，包括桌子椅子墙角的痰盂和纸篓。你的头有点晕，肚内的酒一次次组织反冲锋，但都被你的嗓子眼卡住了，也许再有一口，肚里的酒就会里应外合，你将失去最后的控制力。杯中酒，在灯光下，波光盈盈，像什么呢？不像妻子那若有所待的目光吗？人究竟是他妈的进化了，还是退化了，凭直觉妻子和你都在退化，更确切地说，她逼着你退化。她这个某乡的副乡长好像浑身的汗毛眼都往出冒着权力的欲望。当然，这并不是什么坏事，但她不该看不起你，不该干涉你崇高的司法职业。也许，你看印度电影《人世间》走火入魔了，也许。

“咱们大道通天各走一边。”你的挡箭牌不止一次亮出来。

"你太书呆子气了！"

"书呆子气有什么不好？"

"好？你看谁谁……"

又来了，又来了。朝下的话，砍下你的脑袋都能在地上滚着背诵出来。谁当了局长很快就从穷居陋室乔迁三室一厅，抽水马桶带澡盆；谁做了主任就变魔术一样，给自己老婆调动个挂块骨头连狗都能干的差事；谁被提拔了屁事没有的什么副局长，就连他情妇兄弟的宝石花眼的小姨子都得了道，甚至，一夜之间家里所有的虱子都长出了双眼皮……诸如此类。简直俗不可耐臭不可闻。

可是你，你是律师本科毕业，你要立志当一名合格的律师！

她缠着你脖子的手臂松开了。刚才还圆圆润润饱含深情的眼睛，立时长出了尖生满了刺，看立体电影似的向你直直地戳来。

"屁！律师，你的能耐比他们大多了，你又得到了什么？"

"干吗非要得到什么？"

"甭说别的，你睁开眼瞧瞧咱们这个窝儿！"

你的舌头像突然被人揪去半截。的确，你们局里那几位光会喝酒连法律都不知为何物的头头儿，不都住上宽敞明亮的新楼房了吗？而你这个曾被誉为局里的骄傲，所住的一间半南房还是赁别人的。房租贵得近乎打劫不说，又矮又黑又潮，阴天辨不清昼夜，你和妻子简直成了堆放在地窖里的土豆，要不你那个儿子一生下来就跟土豆芽似的苍白而虚弱呢，你恐怕那株"土豆芽"长不成参天大树，只好把他送到乡下，叫你那个风烛残年的寡妇老娘带着。她，你的妻子，每天上班来回骑二十里地的自行车，好几次，为赶在时间的前面，险些骑到时间的那边去。

他准是喝得浑身冒火了，解开了上衣的扣子，散发出比酒味更强烈的汗臭。他没洗澡的习惯，也不准许局里开办职工洗澡间。紧挨着他坐的秃副局长和甲乙丙丁科长，准闻到了他的气味，但他们孙子装得都挺像，有的似乎还在用鼻子吸溜几下。"竹竿"凑到他的跟前弯着腰低声下气地问，用不用再热热菜，他用鼻子作答。于是，炒锅又吱吱啦啦地响了起来。

“我们刚才可都喝一轮了”，他噘着牙花，用威胁的目光盯着你，“你们这些个喝过几年墨水的人，干什么事都他妈的像生不出孩子的老娘们憋憋嘟嘟。”他的声音好像用刀子划玻璃，听起来使人难受。

“对！对！他不喝下这杯咱们就让他钻桌子。”秃副局长和甲乙丙丁科长，随声附和错落有致。

他叼上一根烟，五六个打火机都打着了火儿，于是，两股白烟顺着他的鼻孔扭扭曲曲地冒了出来。

看势头，他们真的摽上你了。

“喝！”你毫无底气地说。

你怎么了？你那感情充沛而逻辑缜密的雄辩之才呢？现在，她变成了威严的法官，而你是她的阶下囚。她说你身上的什么零件都长全了就是心眼也长死了，她说像你这号人压根就不应该找人结婚，有那几架子书就足够了。她还亮出了女人的撒手锏，离婚！并直言不讳地宣布不要你的儿子，原因很简单，那个儿子太像你了，干吗去了个大你，又非拖着个小你的“油瓶”呢？

你不打算向她妥协竖起白旗。

但那天，村里有人打来了电话，说你妈去井台打水跌断了腿。你是个孝子，你满头大汗地跑到局里央求他用一下局里的车，他说要用车去开什么紧急会议。他们开车走后，才有人向你透露，什么他妈的开会，是倾巢而出去喝秃副局长舅舅的儿子的儿子的满月酒。你妈的一条腿不值一顿酒，你终于明白了点什么，你踉踉跄跄地往回走，你赁的那一间半南房，对你阴冷地笑着，你的每天累得散了架的妻子向你表示无言的蔑视，你的本来年龄已到了入幼儿园的儿子，又对你讲述在农村看到的在他这个年龄还不该看到的那个场面：一头驴骑着另一头驴，上面的那头驴两腿中间又长出了一条腿。爸爸两头驴加一块怎么会是九条腿呢？你看到了含辛茹苦为你耗干心血的母亲那断腿之处的白骨的冷光。愤怒，反倒把你烧得顿然理智了许多，一种不安分的自傲油然而生。你想象你们局的人员就像饭馆的大拼盘，只有你才是真正科班出身，而你却受制于那几个官场“万金油”的他们。你开始用世界最恶毒的语言诅咒着。就在此时，你意外发现，自己那冷落的门前停放着一辆“大屁股”中吉普。你的前两天还闹着要跟你离婚的妻子一把把你拖上了车。

“我早就知道你会白跑一趟，就给乡里挂了电话。”她目视前方，好像在对空气说。

你无言以对，恨不得拉开车门钻到轱辘下面去。后来，你母亲的腿很快就好利落了，对你妻子的好心眼和百般照料的夸赞远远超过了对你，其实，她对你生活的关心和体贴确是无可挑剔的，人应该有良心。

那晚，当你妈和你儿子祖孙俩在外屋临时搭起的床上入睡后，你粗鲁地抱住了她，突然的爱抚搞得她不知所措。

“亲爱的，今后听你的走出书本，深入生活。”

“真的？”

“嗯！”

“我早就说凭你的才华，会大有希望的。”

你轻轻捧起她的头。“亲爱的，你放心，宽敞的新居会有的，你调回县城理想的工作会有的，孩子……”你很欣赏《列宁在十月》那部电影里瓦西里拥抱他妻子的镜头。她那闪烁着比葡萄美酒更柔波荡漾的眼睛向你姗姗而来。

秃副局长举起你的酒杯凑近你的鼻子尖，准备奉命实行“暴力”。

“既然开始，就会奉陪到底的！”

你顺势接过杯子，一扬脖，一闭眼。一把雪亮多刃的尖刀子吱吱啦啦啸叫着蹿进你嗓子眼，在肚里毒蛇般蜿蜒游动。

“好样的，我就喜欢这样的脾气。”他不禁击桌赞叹。

秃副局长和甲乙丙丁科长也随声此起彼伏。

“吃！”一大块皱巴巴的狗肉，飞进你的碗内，桌子四周白色卫生球般的眼珠子，冲你闪动着嫉妒，好像那块狗肉是什么御赐之品。

而你嫌它恶心。狗吃人屎长狗肉，人反过来吃狗肉，岂不是人也在吃自己的屎？人耶狗耶？你又犯呆气病了。

“你们这些喝过几年墨水的人呀！”他一扬脖，粗大的喉结夸张地抖动一下，你清晰地听见一杯酒倒下去冲刷肠壁的回响，接着，其余的喉结也一齐抖动。他夹起一块狗肉塞进嘴里，两颊的肌肉隆起坚硬的棱角，那总是刮得比脚后跟更光滑的下巴，起落有致。“狗肉算个啥？”他不屑地说，“我在县配种站当站长那阵子，咱们的老县长总想去找我在酒上会个高低，你甭看他经过不少阔席面，有一回我给他上了俩凉碟他咂摸着香，就是猜不出啥物件，其实，也不是什么天上鹅肉地下骡肉。”话到此他戛然打住。你相信在座的除去你，准有能猜到的，但却都装出了一副小孩子急于要听下回分解的模样。

“猜不着？”他显然来了情绪，“一个黑老汉一只眼，背两颗山药顶把伞。你们猜猜这个谜。”

他见手下的人仍大惑不解，便哈哈大笑连连摇头，“真不开窍，连驴钱肉都没见过？”

桌子四周立时响起一圈夸张的嘘嘘声，仿佛听到了地球上的人抓住了宇宙飞碟。“那物件，下酒没治！咱们县长愣是吃开了瘾！”他的兴趣极浓，油光闪亮的脑瓜门上，一根根筋脉如青龙狂舞。你醉了。要不为啥闷着头苦苦琢磨配种站站长和他现在职业之间的必然联系呢？

你终于成了他的莫逆之交的酒友了。

你终于跻身于局里所谓的高层社交圈子。

你好像一条忠实的狗追随主人那样地追随着他。你们横向喝，纵向喝。一天闻不着酒味你就觉得整个世界都挺了尸。你每天回到家里都大撒酒疯，有时根本就没醉，你也不明白为什么要借酒发疯。而你的妻子温柔得让你感动。她总会事先给你调好解酒的老醋，不声不响地将你吐出来的赤橙黄绿青蓝紫仔细打扫干净。再坐到你的身边，用手轻轻抚摸着你的头发，一遍遍进行鼓励。无非是那些翻不出新样的老话。某某头儿喜欢钓鱼，某某就托人买来了日本进口的玻璃钢渔竿，星期天老婆在床上生出半截孩子也扔下不管去陪着钓鱼。某某头儿酷爱打猎，某某就找来一杆双筒猎枪。某某头儿一天不摸麻将手头就痒痒，某某便整天价熬得两眼通红地去上班。结论必然是因为，也就所以了。你曾设想，要是有朝一日你当了县里主要头头非举贤不避内，叫她胜任人事局局长，你相信她对人的判断。

她简直是个魔鬼。

有一次，你大醉初醒，觉得自己的下巴上冷风飕飕，对镜子一照，你精心留的那富有个性的胡子不翼而飞了。她用钢笔在你的嘴巴边上画了一个威风凛凛的警察。

你大惑不解。她用手指一点你的脑瓜门，“小傻瓜猜你的去吧！”

“你这个怎么了？”

黑暗之中，妻子摸摸索索的手无力地垂下了，眼睛燃烧成两粒发蓝的炭火，洁白的胸脯，起伏成被风鼓动的降落伞。

“你不爱我了？”

只有刹那，你如五雷击顶，虽然，你尽力调动浑身的血液和所有的细胞，甚至，把《金瓶梅》中西门庆和潘金莲的勾当又联想一遍，可那个不争气的家伙，还怕冷似的往回缩。这到底是他妈的怎么了？你以往的那种阳刚之气呢？

“你，你准是外面有人了！”她仿佛抽开了羊角风，发出了被压抑的尖叫。

“你小点声，别让人听见！”

“偏不！偏不！”她手挠脚蹬，活鱼扔进滚开的油锅一样，“你这个坏了杂碎的，刚当上个办公室主任就……”

你恍然大悟，一定是该死的酒，便狮吼一声：“嚎他妈什么？不都是听了你的才如此的吗？”

但你发出的声音却又尖又细。她一时也没回过味来，过一会儿，才发出癫狂性的呻吟，“我，我受不了了！”

“你受不了，还可以出外打点野食，我哪？想找，本钱都毁了！”你搬到局里去住了。

她很同意。

他也表示欢迎。他的家属在农村。听说是小时父母包办的婚姻，所以他一直以局为家，很少回去。当然，你不仅仅出于和他一块喝酒的方便。你有一只非常精致的小本子，那是大学时代，一个差点成了你老婆的同学送的，你至今还爱着她。你原打算在那上面写满情诗，题名为“没有地址的信”寄给她，搞搞精神恋爱。可现在，你却像个克格勃，在那上面，偷偷记录着关于他的一颦一笑，举手投足，吐痰放屁咳嗽打嗝，甚至于连他走路时总是趔趄着左膀子等等。记下这些无聊的东西，只有你自己知道为什么，到夜深人静之时，你对着办公室里的那面大镜子反复地模仿着。但镜子不会背叛你。

他醉了。

他醉成瘫在你肩头上的一堆烂泥，用酒水和的稀烂的泥。从他脑袋上所有的窟窿眼里都往出冒着酒臭，你为自己会生只鼻子而难受。当你终于把他放到床上，你也颓然倒地。无意间，手触到胸前那个软软的纸包。你应该一万倍赞美细心的妻子。今天傍晚，当你大义凛然地奔赴酒场之前，她追出家门，塞给你这包晾干的葛条花。一物降一物，若不是你早就在茶杯里泡了葛条花茶，你非把自己是什么变的都给喝出来了。今晚，应邀的都是他当年的老酒友，跟他一样，年底将退居二线，所以凑在一起同病相怜，借酒消愁，只喝个天旋地转。

他开始折腾了。两只手发疯似的抓着胸前的衣服，几颗扣子发出脱裂的声响。你托着他的头，把用葛条花泡的茶水灌进他的肚里，不一会儿他便安静了许多。

“我……我没醉……醉，你……你打听……听去，他……他们几……

几个，早先年我们同是在乡里工作时，就……就是我手……手下败将。

你鸡啄米似的附和着。

他突然呜呜地哭了起来，但没眼泪“我心里不好受”。他忽地来个鲤鱼打挺，但又仄歪在被子上“他妈的墙倒众人推，鼓破众人擂，眼瞧着我快要下台了，不知哪个兔崽子朝我头上扣屎盆子，说我老不回家是有外道，简直，简直”。他的鼻子眼睛被愤怒聚成了一个大疙瘩，大肚子起伏剧烈。

你捶胸顿足地挑选了世界上最恶毒的字眼诅咒了那些搬弄是非者，好像在替你那个死去的爹洗刷名誉上的污秽。你这个不齿于人类的狗屎堆，连祖宗的脸都丢尽了的下三烂。

“要不是怕寒碜，”他吐了一口浓痰，“我敢扒光了衣裳，让全局人证明，我喝酒喝的‘老二’，早就干不了活了。”

他也阳痿了吗？你不由一惊，但又感到一种莫名的宽慰。

他二目微闭，平息了好半天。“前二年，我没看出……今儿个，我掏几句心窝子话，你记着，酒可是好东西，越喝人情越厚……”

你还正想听自己最想听的话，他却扯起了沉闷的鼾声。

你取代了他，就连你自己都没能想象到有如此之快，而且是迈过了秃副局长。自然，背后有人也会抛出几句“妈妈的孙子才当呢”。

你首次去县某委员会汇报工作，那个主管书记，非把你认成是他的儿子，一口咬定像得不能再像了，列举了许多有力的佐证，还说要向组织部反映这种不正当的裙带关系什么的。你解释说和他的姓氏都不一样。书记自有道理，他说现今社会上孩子随母亲姓氏的还少吗？还表明他的儿子就没姓他的姓。任凭你浑身的汗毛眼都参加了激烈的辩白仍无济于事。最后，书记又退一步确认，即使不是他的儿子，也肯定是他的侄子或外甥什么的，也许肚里还说了你是他的私生子，反正准有血缘关系。书记见你急歪了脸，又赶忙解释，但解释来解释去仍没脱离主题。你简直沮丧至极。你很明白自己与他本是风马牛不相及，至于私生子，虽然你爹和娘制造你时，你未能有幸耳闻目睹，但你敢指天盟誓，绝不会有李代桃僵的勾当。那你去哪了呢？

走在街上，你神思恍惚如若梦中，一些熟人跟你打招乎，局长前面都要冠以他的姓氏。甚至，还当面奉承你什么返老还童之类的屁话。这就更证实了你的遗失。你痛苦地寻找着自己，你把自己平时爱去的和不爱去的地方全找遍了，甚至，还茫然地在垃圾堆里拨拉了半天，惹得一群钢青色的苍蝇群起而攻之。过路的行人诧异不已，从你的装束上怎么也看不出你到垃圾堆来干什么。有人小声嘀咕："这人是有精神病！"你真想断喝："胡说！你才有精神病，我在寻找自己。"若那样岂不更是此地无银三百两吗？你走错门了吗？怎么鬼使神差地迈进了一套三室一厅的新楼房？雪白雪白的墙壁，纤尘不染，晃得你睁不开双眼。

"你今天怎么这么早就回来了？"一个女人问道。

"你是谁？"你的神经立刻绷如弓弦。

"你开什么玩笑？"她挤巴挤巴眼，那么甜了吧唧地一笑，"局长大人，我是您的夫人呀！"从她弯腰时显出的那尊得天独厚的屁股上，你似乎明白了，她确实就是你的妻子。

"你来这儿干什么？"你厉声问道。

她瞪大了惊恐的眼睛："这是咱们的家呀！"

"那我呢？"

"你？"她想伸手摸你的额头。

你一把打开。梦游似的满房间乱转。一抬头，噢！闹了半天，你被挂在墙上，墙上的你佩戴着大学校徽，傻了吧唧地不知跟谁微笑着。蓦地，你发现了大衣柜的镜子里藏着一个人，你一眼就认准了那人就是他。啊！你终于什么都明白了，关于她，酒，还有他那自欺欺人的"老二"不能干活的烟幕弹。你还明白了，为什么她了解他比了解你还清楚呢？也许，他们早就……你是学法律的，这些蛛丝马迹的记忆很快就连成了确凿的证据链，而最使人孰不可忍的是，她来他家干这些见不得人的勾当，干吗非把你也带来，还挂在高高的墙上，让你眼睁睁看着他们的丑行，世界上还有如此欺人太甚的吗？他是有恩于你，但也不能用你的妻子来报偿。你浑身的血液如沸腾的岩浆。

“你，你他妈的快给我滚出来！”

你对着大衣柜镜子困兽一样咆哮。

镜子里的他不但不出来，也困兽一样冲你咆哮。你一扬手，一把椅子呼啸着向大衣柜镜子里的他飞去。“哗啦啦”一声巨响，他被你砸得碎尸万段。你胜利了，但站在他的残骸之间，你又感到从未有过的悲哀。

你扑上前去，抱着墙上的你恸哭失声。那个是你妻子的女人，老鼠一样团缩在墙角低低抽泣。

发生在那天晚上

发生在那天晚上的故事，起因很简单，我哥哥结婚。

这之前，哥哥就把办事的日期告诉了我，我很高兴。接着，他又说，到那天咱某县长还去哩！而且说完他脸上即刻就笼上那么一层幸福，像一个多年的寡妇第一次被意中人吻了似的。且不论那个即将成为我嫂子的女人和某县长沾着什么七折八拐的亲戚，单说我哥哥，干吗提到某县长要去喝自己的喜酒就挺那个劲儿的，犯得上吗？我觉得自己的嗓子眼里像卡着一只绿豆蝇。我对哥哥说："我不去了。"哥哥用十分怪异的眼神盯了我好一会儿，就啰里啰唆地说了一大堆话，但我听出眉目来了，他叫我去喝酒，主要因为我上过大学，陪着县长能为他壮壮门面。我又说了句我不去。哥哥面带愠色地说："你的毛驴脾气咋还没改？"我说，生就的骨头长就的肉，改不了。哥哥又说："你真的不去？"我说："我真的不去。"他叹了口气，耷拉着眼皮子说："咱爹去得早，我又没你学问高，瞧着办吧！"他的话音有点凄凉。

说来，我这个人挺不是个东西的，不过得解释一下，世界上还没有哪个当弟弟的不愿喝哥哥的喜酒。除非他是个千真万确的混蛋，可我不是个混蛋，只不过我这个人有个天生的怪毛病，压根就不愿跟当官的待在一起，当然，就更看不起那些见了当官的就点头哈腰，类似太监的人物，或者，那些见了当官的就吓破苦胆尿绿尿的主儿。我时常为自己这种孤傲的性格而深深地激动。我觉得自己不是阮籍就是嵇康投胎转世。

至此，我必须交代一下，我是一个高中语文老师，在县城一所重点中学教书。那次，全市组织了一个什么检查团，检查学生唱国歌，临到检查我校高三学生唱的时候，恰是下午第一节课的中间，事先声明，让学生唱国歌这是再正确不过的事了，爱国主义教育嘛，而且我班学生每次唱，我都跟着使劲唱，并唱得热血沸腾，两眼发潮，但那是在每天早上升旗的时候，可把学生从课堂上哄出来，站在操场上唱国歌，又单纯为了检查，我总觉得挺那个。虽然挺那个，但我也没办法，倒是那个讲课正讲到兴头上的英语老师，因为打乱了她的课，嘟着粉红的小嘴，跟我这个班主任要小脾气，于是，我那阮籍或嵇康似的性格就顶得脑瓜皮直发痒。那帮检查团的人听完国歌后，从操场上走了过来，一个个脸上红扑扑的，但我清楚，那绝不是受了国歌的激动，而是中午刚喝过酒。我迎着他们走了上去，我知道，英语老师那双受惊的小兔子似的眼睛就在我身后不远的地方看着，于是我觉得自己的姿势一定挺男人的。我与那帮人对峙了足有一分钟之后，我说，不尊重别人的劳动，形式主义！那帮人全愣了，等回过味来，我见我们校长的脸白得就像小寡妇的鞋面。我撇下一帮泥雕木塑，大步地走了回去，英语老师像小鸟一样扑向我说，你真有性格，不怕当官的，真棒！并且用英语叫我“达令”。可惜她不熟悉阮籍和嵇康，可惜，我暗自想。

我是哥哥的兄弟，但我却比哥哥先结婚，当然，这并没有什么可大惊小怪的，关键是我哥哥这个人的脾性，让许多人都看不出我们是一奶同胞的亲哥俩。哥哥是机关的一个职员，而且干的是“胡子猛长，头发猛掉，省老婆，费灯泡，一夜一个大报告”的苦差事，怎么看，他都像契诃夫笔下的那个小公务员，活得累，也不洒脱。那天哥哥赌气走了之后，我又觉得太对不起他了，要不是哥哥供我，我是上不了大学的，我跟自己着实斗争一番，决定揣着天大的委屈也得去喝哥哥的喜酒，但有一点，我决不能失了往日的“贞操”。

哥哥的婚宴是在一个叫什么酒家的地方举办的。我故意迟到了几分钟，赶到时，哥哥正守在门口，一眼一眼地盯表，脑门上的青筋都鼓起来了。所以，当他一瞄着我，眼珠子就那么贼亮地一闪，也顾不上埋怨了，拉着我，指着里间圆桌边坐着的那个胖子低声说：“那就是咱们某县长，你……”县长正靠着椅子吸烟，白且胖的脸丰腴得像个女人，在灯光下闪闪发光。我朝桌子走去，尽量高昂着头，却突然怪异地感觉到自己的腿有那么点软，怎么也走不出平日的洒脱。细心的哥哥却没看透我的内心，抢先一步说，这是咱们县长。我目视着县长，见他缓缓地抬起一只手，我那只手竟他妈鬼使神差地赶忙送了过去，而县长抬起的手却落在自己的头上，奓开五指，很优雅地梳理着头发。我的那只可怜的手就像一根长不出叶、开不出花的枯树枝干死在空中了。我看不见自己的脸，但当时红得肯定像关公的脸。哥哥忙哈着腰打圆场地对县长说，请起杯吧！县长说，喝吧！于是就响起了三百六十度的咕咚声。县长的酒喝得极县长，谁给满，他都干，一扬脖，其间那个圆圆的喉结就像鸡嗉子似的抖动一下。酒过三巡，哥哥冲我递了个眼色。我迟疑一下，但还是拿起了酒瓶子。我说："县长，我给您满一个。"县长对我很深地一笑："这酒咋喝?！"往常遇到这样的当口，凭我天生一副唱莲花落的嘴，就是石头人也能灌出他尿来，可当时我的舌头竟一点也不利落了，有汗从头发根冒出来。县长毕竟是县长，见我的窘态便大度地一笑说："好！我连三个，你三个。"县长说完一连三杯下肚。我最怵白酒，更甭说"三连灌"了，但当时却觉得就是三杯毒酒也不能不喝。于是三杯酒就像三条响尾蛇，恶毒地吱啦着，蹿进了我的嗓子眼里。县长竖起了大拇指："早就耳闻了你的文才，今儿个又领略了你的酒量，你将来肯定能写出几篇叫得响的东西。"县长的神态和口气，就像当年诺曼底登陆时，麦克阿瑟拍着一个叫亨利或汤姆的傻大兵的肩膀说："小伙子勇敢点，你肯定能多打死几个德国人。"其实类似的屁话，我的耳朵都听出了茧子，可我头一回听县长这么对我说，硬是激动得我把一个受宠若惊的笑及时地送了过去，并滑口说出了许多我自己都不敢相信那是从自己嘴里吐出的屁话。县长听了极熨帖地笑了，伸出筷子，从自己脸前的盘子里，给我夹了一块鸡肉，又仰在椅子上，奓开五指梳理自己的头发。我本来是最忌鸡肉的，小时候，有一回过年，我妈炖鸡，没把鸡大肠择净，我吃出三块绿格森森的鸡屎。若干年了，那鸡屎味一直跟着我，所以，我不能闻鸡肉。

县长正用极温暖的目光注视着我。

我神奇地夹起那块鸡肉塞进嘴里。竟一时追悔得想哭，闹半天鸡肉竟比其他肉的味道都香。尽管我嘴里那块肉其实是块骨头，我还是狼一样地吮吸着，让那块扎里扎巴的骨头，在我的腮帮子里滚来滚去。

这之后，我大概又跟县长喝了几杯，也许没喝，反正当我骑车回家的路上回忆刚才的一切，都觉得很不真实。我这个人有个天大的优点，不论在外面喝多少酒，骑车回家也出不了事。我仄仄歪歪地摸进家门，妻子放下手里的活，赶忙过来扶我，边嗔怪地说："听说今儿还有某县长，你怎么能喝这么多？没说错话吧！"我甩开妻子，晃晃荡荡地指着她的脸说："你少扯淡，县长，县长有什么了不起？"妻子说："又来了，又来了，你要老是这么不把当官的放在眼里，在哪儿也混不整！"我说："滚！"我一头扑在床上，妻子把我的身子挪正，发现我的右手紧紧地攥着，手指缝间渗出油脂麻花的东西。她掰开我的手，十分惊讶地发现，那竟是一块鸡骨头……

第二十杯酒

屋内极静，似乎每根空气都紧死了弦，稍稍拨动，就会轰然而断裂。西斜的残阳穿过了玻璃，无数颗微尘，活了似的在那道光带间悬浮飞动。他的脚边，两只空了的“二锅头”酒瓶上，也摊着抹暗红，像血。

他已干掉了第十九杯了。

第二十杯酒，对着他，满满地立着，像一杯晶莹而透彻的阴谋，等待他那变得灰白麻木的嘴唇。而圆桌四周环绕着的三双眼睛，如六支洞开的枪口，幽幽地瞄着他，逼迫他端起这第二十杯酒。

现在他感觉到那被干掉的十九杯，就像十九只饿得眼睛发蓝的老鼠，正用尖利的牙齿撕咬他的胃壁，他分明听到了那咯吱吱发脆的声响，而脑袋里那架“直升机”，更剧烈地盘旋着。他觉得脑浆子像水，盛在了一只仄歪不定的碗里正一点点往出泼溅。于是，眼睛看东西就忽而近忽而远起来，但他意识到思维并没有真的混乱，脑子里，今天为什么喝酒的那个亮点，一直闪烁着。

他把飘忽的目光，投向自己的右侧。看到的是许大马棒酱渣样的脸上，吊着的那个酒糟鼻子，圆圆的鼻头，像一颗熟得发烂的草莓。许大马棒正用短粗的指头，掏弄着鼻孔。这个乡办厂的厂长，厂就是家，家就是厂，浑身的每根汗毛眼都往外冒铜臭气，那两颗眼珠子都由黑色变成金黄了。这时，他意外地发现，许大马棒抽出那根鼻子里的指头戳了戳身边的“长脖”。他们俩扫了他一眼，又对着哧哧笑。他明白他们笑他干不掉这第二十杯了，要瞧他的好戏！这个该死的“长脖”，养王八硬养出个县政协委员，家里阔得比宫殿还宫殿。钱多得咬手，就给死了三十年的老爹扒坟修墓，给过门槛子还蹭小鸡鸡儿的儿子盖房子。他真想上去，把那根细长的脖子给撅折了。相比之下，坐在他对面的乡长，一举一动都很乡长。他丁点也不厌恶乡长，相反，总是对乡长充满感激。像今天这件事，就是乡长帮他请来的客。当酒喝到兴头上，他向那二位提出自己的要求时，又是乡长给帮的腔。他们答应得倒痛快，可就是提出的条件太孙子，要眼睁睁地瞧着他干掉两瓶“二锅头”。以前这种事，他不是没干过，可从没干掉过两瓶。他犹豫了，但他们给定的每杯三百块，又是那样强烈地馋着他，后来，他狠狠心，豁了！人到节骨眼上不能孬，况且又是乡长主动做了中保人……

他的目光跟乡长的目光对上了。他看见乡长的嘴唇动了动，发出的声音，像是从遥远的地方传来的，但他听清楚了。乡长说：“你够呛了，别喝了，这第二十杯我替了，先定的钱数一分不少你的，放心吧！”乡长说完伸过手来，去端那第二十杯酒。他看到，几乎同时四只手，压住了乡长的手。两只黑的，两只蜡黄的。

黑的许大马棒说：“那不行，你要真替了，每杯酒由原定的三百块减少到二百块。”

蜡黄的“长脖”说：“酒桌上平等，乡长也得说理，我还政协哩！”

第二十杯酒哆嗦一下，有几滴，溅出杯沿，泪一样淌了下来。乡长的手蜷了回去，脸难堪地冲他抽搐了一下，目光就低了。

他像一个受伤的斗士，被激怒了。他觉得尤其不能败在许大马棒和“长脖”这类人的手下，他是个响当当的男子汉。他用手狠狠地掐了把僵硬的大腿，一晃荡挺了起来，大吼一声：“我干！”他控制着自己的胳膊，尽量不叫酒洒出一滴，第二十杯酒满满地贴近他的嘴唇。他挤出一个胜利的微笑：“说话——算……算——数——”

黑的：“变卦是尿做的。”

蜡黄的：“腰里有的是票子。”

他一抬手，第二十杯酒如一柄利刃，啸叫着蹿入他的喉咙，屋子顿时倾斜起来，他伸出手只说句：“六千块。”眼前，忽地一黑，一头扑倒在杯盘狼藉的桌子上了。

文永乡中学校长，为给学校集资，又一次被酒给打倒了。

那天的天气令人伤心

那天铁定的会出事。

当我提着菜篮子站在大门口，仰头望天时，先说明一下，仰头望天，这属于我多年养成的习惯。听我妈讲，还在她怀里那工夫儿，只要抱我出来，我就这么望。后来，等我长得人模狗样的了，我就一直喜欢这么望，无论好天歹天。其实，也许毫无意义，我说了，这是属于我的习惯。我发现一粒银灰色的东西，正打着旋飘飘悠悠地坠了下来，不偏不斜恰好打中我的鼻子尖，很凉，有点像雨，但绝不会是雨，冬天哪来的什么雨？凉得我狠狠地打了个喷嚏，用手一摸，黏的，那是一粒麻雀屎，千真万确。没有比这更倒霉的了，因为我压根就没有发现那只丢下屎的麻雀的踪影。那就是说，那粒麻雀屎，一直就在空中某个地方耐心地窥伺着我，要不一大早楼门吐出那么多人，咋专打着我呢？这不能不说是某种征兆，当然，不是什么好的征兆。我妈常这么说。果然，事过一个多小时，当我提着满篮的菜胜利而归，就发现装钱的夹子不见了，我对自己的衣兜进行了彻底的搜查，一无所获。

事后，回想那天的天气，挺让人伤心。那颗太阳，整个一个被挤烂了的西红柿，黏了吧唧。所有的物体就都涂抹上了那种黏了吧唧的红色。路边的树木，一棵棵排着，像送葬默哀似的向远处走去。

我必须去找自己的钱夹子。我想，不是因为钱，我准确记得夹子里，不过只剩几枚分币，最大面值的也不会超过五分。但我总觉得那里面有一张我女朋友的照片，她好像长得还挺漂亮，漂亮得让我失去她就简直没法活了，所以，我必须去找我的钱夹子。我怀疑路上的行人也遗失了女朋友或情人照片之类的东西，因为他们跟我一样，一个个都低头猫腰用眼乱踅摸。可直到了那片露天的自由贸易市场，我也没发现谁捡到了什么，包括我自己。我清楚地回忆起，刚才在返回的路上，我压根就没动过那只钱夹子，也不可能动过，我一手扶着车把，一手提着菜篮子，车子骑得飞快，就像个技艺高超的杂技演员。所以，遗失于路途中的可能性就等于零，那为什么还要一路找来呢？我也说不太清楚，好像我发现路上的行人都像在找东西，我也就得去找东西。

这个世界简直出了毛病。

市场上，炸了窝的蜂子似的乱攘攘的人，而每张脸上的表情，都像在对别人诉说："我丢了东西！我丢了东西！"每双眼睛都惶惶惑惑猎犬般地乱踅摸，这就更增添了我的紧迫感，即使掉根针也难说不叫别人给踅摸去，又何况我的那只钱夹子，而夹子里还有一张我女朋友的照片，照片背后还有她亲手给签下的芳名、地址。贪财的大有人在，但总也超不过好色的。我必须找到钱夹子。经过一番缜密的推理，我把能找到的希望归结到那几个刚才与我发生关系的摊贩的头上。我先找到那个长得像非洲袋鼠模样的妇女，我记得那二斤芹菜就是买她的，绝对没错，我还挨了她那对大白眼珠好几下剜，她的秤太损。

什么钱夹子？

那个非洲袋鼠般的女人，在鼠袋似的肚子上，抹了抹那胡萝卜样的手指头："压根就没看见，我又不是给你看钱夹子的！"

我怕她多心，反复跟她解释，说那夹子里其实没钱，说那里只有一张我女朋友的照片之类的废话。她早就耐不住性子了，见我仍像年糕似的黏着，便母驴发情般地吼了一嗓子："上我这儿找东西，我还不知道上哪儿去找东西哩！甭说个破钱夹子，就是澳大利亚你姑太太汇来的汇款单掉在这儿，我也不会拿眼瞧，还编说有个什么姑娘的照片，你敢情是想媳妇想出魔怔来了！你要再烂倭瓜擦屁股没完没了，我可——芹菜哟，水格灵灵，脆巴生生，铁秆实心，新到的芹菜哟……"

她把我晾在了那里。我看了，要再不识点趣，逼急了，她敢玩个骑马蹲裆式把我坐在她屁股底下，她正站得腰酸腿疼，想找个软和座。

我一抬头老远就瞥见那根秋后的黄瓜似的老头儿，我那把蔫拉咕叽的蒜苗就是买他的。我挤开所有乱踅摸的人，径直冲了过去。我怕耽搁久了，被别人冒领了，或者老头儿不认账。对，准丢他那儿了，我从不怀疑自己的判断力，就像不怀疑我有一张女朋友的照片。他在市场边上，孤零零地守着自己的小摊子，如一个局外人，目前，也许正因无人光顾而可怜巴巴地生闷气。见我风火赶来，以为来了财神爷，把干瘪的脸上好不容易挤出的笑，老远就送了过来。但听说我是来找什么钱夹子，那几丝笑倏地就僵死在那横七竖八的皱褶里了。我用叫爹的感情，连叫他几声大爷，才硬把他两块破门帘子似的上眼皮叫开。就跟我看他老，要来打劫他，亮如烟火头的眼神充满紧张的敌意。我赶紧装出宽松的一笑，尽量把刚才买蒜苗的情形向他描述一番。

“来我这买菜的多了去了，谁记得那么清楚？”他总算开了口。

“那只钱夹子，一只带拉链的黑色的猪皮的，其实，那里头没钱，不过就是……”我竭力帮他回忆。

“我不管有钱没钱，你打听打听去，从清朝那阵子，我们家就摆摊子，占过谁指甲盖那么大的便宜，君子之人饿死不吃昧心之食……哼……”他嗓音像阉鸡打鸣，又尖又细。

那两块破门帘子又拉了下来。

接下来，就发生了使我感到意外的事，市场那头有人在打架。像受了某种神祇召唤似的，人群顿时卷了过去。我的两只脚被某种无形的力量牵着，无法抗拒。我是最后过去的，却又挤到人群的最前沿。被打的年轻人，如一条活鱼扔进烧红的煎锅里，在地上翻腾扭曲。动手打的不是某个具体的人，而能打的则打，能踢的则踢，没踢打上的，就鼓腮噘嘴，射出霰弹似的唾沫，每张脸都染着同样疯狂的兴奋，像精神病患者。每孔洞开的嗓子眼发出的吼叫，都仿佛美国西部电影中，印第安骑手冲向白人邮车那种“噢噢”。

那个被打的年轻人，没丁点痛苦的神情，脸上反倒也染着同样疯狂的兴奋，好像他也在打，而被打的是另一个他，也发出同样的噢噢声。

我当时看不见自己的脸，不过能感觉出，准跟我能看见的面孔同样疯狂，同样兴奋。我压根没打过人，甚至狗。不过，当时不打几下，我就是对不起谁，或对不起自己。可那被打的年轻人是谁我不认识，因为什么挨打，我也不清楚，也许，所有打人的人都跟我一样。

我距那个年轻人最近，所以打的就相当狠，我平生头回发现自己很够男子汉味，要是我的那个女朋友也在场，用那种眼神注视着，那就绝对更够味了。但我忽略了一个相当重要的问题，由于贸然超离了人群，所以，我自然就成了又一个被打的。事后，我才回味出，当时，我是被人一脚给踢倒的，要不然也倒不了，那不知名的一脚恰好踢在一个男人最不该被踢的命根子上。我小的时候，去野外，那地方被一根压弯的蒿子秆给弹了一下，还捂着小肚子半天直不起腰，何况挨了踢。并且据我感觉，那家伙穿的准是“火箭头”之类的皮鞋，要不就练过功什么的，反正，我捂着被踢的地方，电影慢镜头似的倒下去了，在那段优美的时间里，我还瞄见刚才那个年轻人，鱼似的钻过人腿的栅栏缝滑走了。我承受着他刚才承受的一切，我惊异地发现，挨打和打人是同样的痛快，太痛快了。于是，我也情不自禁地学印第安人噢噢地吼了起来。

这时，就听见人群中不知哪个该死的来了一嗓子：“你们别再打了，刚才那个就打错了，这个打的就更不对，那该死的小偷压根就没抓着。”

如一声号令，铁桶般的人群“嘣”的一声就如鸟兽散了。我像个丫头养的弃婴，孤独地躺在地上。我难受得想哭，因为我也想跟他们如鸟兽散，可我的每个骨头节，都像错了茬口。躺了足有半个世纪那么长，我才委屈地爬起来，于是猛然想起了我的帽子，我的头发脱得比当年赫鲁晓夫总书记的还秃。当然，我应该首先想到帽子，就像高度近视眼跌倒后爬起来首先摸眼镜一样合情合理。那顶帽子就团在我的脚下，我拿起帽子往头上一扣，那只钱夹子就理所当然地滑落出来。我想起了，这也是受了我妈的影响，打小的时候，她就叮嘱，上人多的地方买东西千万要留神，还说，当年我们家在农村那阵子，为了我爸爸赶集不丢钱，她曾在他的裤裆里缝个兜。当然，我不会像爸爸那样把钱装在裤裆里。

我打开那只黑夹子仔细翻找，根本就没什么姑娘的照片。这一点也不值得大惊小怪，我在这座小城里，早就秃出了名，压根就没女朋友交过我。许是我的神经真的不太正常了，我也不知道。

跋

把酒当歌，人生素风

看着眼前的《长城断想》文稿，让我想起了我们初相见时的情景。

那是三十多年前，居庸关主任刘文忠请我们哥儿俩喝酒。文忠是我的老朋友，也是久忠的朋友，他的酒量比我差着几个段位。大概是为了让我尽兴，特意把久忠拉来陪我。记忆犹新的是那年正月初二，在居庸关长城，天下着小雪，屋子里的暖气不太热，我跟久忠喝着酒，聊起了但丁、普希金、莱蒙托夫、屠格涅夫、托尔斯泰，聊起了惠特曼、济慈、海涅、雪莱。

我没想到久忠看了那么多的中外名著，而且学识又是如此渊博。因为他谈论每位作家和诗人，不只是知道他的名字、国籍、代表作，而且他能整段整段地把他们的诗背下来。要知道，我们谈诗的时候，每人至少已经喝了八两白酒。

借着酒劲儿，我们打开了记忆的闸门，话透着多。他聊起当年上高中时他抄写《海涅诗选》的情景，我聊起了当年从朋友那里借了一本《杜甫诗集》，花了一个月的时间把诗集全部抄下来的日子。不知不觉已是深夜。告别时，他拉着我的手，异常激动地说："好久没跟谁聊文学了。"

他像是找到了一个难得的知音。是啊，现在的年轻人有几个还知道惠特曼、济慈和海涅呢？

《长城断想》这部集子大多都是久忠20世纪80年代到90年代初的一

些作品。那时候，他的创作激情很高，出了不少作品，发表的东西也很多，他不仅在《北京文学》《诗刊》《星星》《北京日报》《北京晚报》等文学期刊和报纸上发表过许多诗歌和散文，还在《文艺报》《经济参考报》《小说报》，以及中国香港一些报纸上，发表过小说和报告文学等作品。当时，搞文学创作的就像后来做生意的人一样扎堆，能在像模像样的报刊上发表点东西，实属不易。据当时的《北京文学》诗歌编辑晓晴说，久忠的一些诗歌作品，已引起了评论界的注意，准备对他的创作写出评论文章。1991年5月，北京作家协会推选久忠作为北京诗歌代表，出席在北京亮马河21世纪大厦召开的全国青年作家创作会议。当时正是文学创作的高潮时期，所以那届会议开得很隆重，影响也很大，在《人民日报》《解放军报》上都刊登了参会者名录。在来自全国的300多名的代表中，至今还活跃在中国文坛上的就有贾平凹、莫言、刘震云、余华、舒婷等一批文学"大咖"们。大会闭幕时，时任国家副主席王震以及艾青、臧克家、玛拉沁夫等老一辈著名诗人作家与参会者合影留念。

这对于久忠的文学创作来说，是一个值得骄傲的新起点，他如果借势走下去，在文学创作上或许是另一番天地。但令人百思不得其解的是，自那次大会后，他搁笔30多年。是因为看到那届大会上高手云集、乱花渐欲，而缺乏了文学底气？是经济大潮汹涌而至，一时迷乱了心志，还是艰于忍受笔耕者自觉的精神孤独？抑或是初调八达岭旅游特区工作，负责的又是长城文化宣传，全部身心都投入到了名人演唱会、庆祝香港澳门回归、奥运火炬到长城等大型活动的策划和组织中了。到底是什么原因，他没提及，我也没问过。但对于他的文学创作来说，至今我仍觉得这是一个挺大的遗憾，可惜岁月不待，时过境迁了。

他是在大山里出生和长大的孩子。儿时的记忆，可以用一个"苦"字来概括。他是1956年出生的，那会儿的山村是什么样的生活状况，凡是过来的人都会有印象。

久忠曾告诉我，他儿时生活的地方叫延庆县大庄科乡水泉沟大队养马地村河口自然村。我回家在北京市地图上找了半天，也没找到他说的那个河口自然村。在北京市地图上，甚至连养马地村的名字都没有。那是掩藏在燕山峡谷中的一个小村落。小到什么份儿上呢？久忠告诉我最早只有他们一户人家，后来发展到4户。

父亲是老实巴交的山民，久忠从小就跟着父亲进山砍柴放牛。十几岁，他便用自己稚嫩的肩膀帮助家里扛起了生活重担。但家里对他寄予厚望，他们希望自己的孩子有一天能走出大山，看看外面的世界。

久忠忘不了每天走6里山路到水泉沟中心小学上学的情景。也忘不了8岁那年秋天，跟着去山外卖山货的马帮，走了大半夜，快天亮时，走到大山最后的垭口上，看到平川的万家灯火，那是他第一次见到电灯。还忘不了每天走16里山路到大庄科乡上中学的情景。那时候，他已读书上瘾，但大山里别说文化书籍了，连见到一片带字的纸张都稀罕，解手用的都是土坷垃或柴火棍，对于他来说，文化的饥饿比肚子的饥饿更难熬，只要听说谁们家有本书，他就会来回走上几十里山路去借。一次，他借到了一本很残破的书，被里面的故事情节深深感动了，没心思打柴，一个人坐在冬天山林里的大石头上，发了一天的呆，到晚上背着空背架子回了家，挨了一顿骂。后来，他才知道那本小说是张恨水写的《孙雀东南飞》。他更忘不了到山外永宁镇念高中，为省下一元钱的班车费而每周来回要走80里山路的情景。

山路弯弯，似乎告诉他人生之路的曲折，告诉他实现自己的梦想所要付出的艰辛努力。谁能想到这曲曲弯弯的山路上，会走出一位大学生来？

1977年，久忠以优异的成绩考上了首都师范大学中文系。现在考大学已不像当年那么难了，可在当时那个年代，“文革”后，第一届，也就是77届高考招生，全国考生有570万，最后被录取的只有27.3万人。久忠也算给他生活的那片大山露了脸。他是大庄科乡有史以来的第一个大学生。

当然，让久忠感到自己真正露脸的并不是这张大学文凭，而是他的诗歌。因为在考上大学之前，他已经成为延庆本地小有名气的诗人。

20世纪70年代，是青年人文化饥渴的时期，能看到真正意义上的文学作品少得可怜。高中生能看到的除了鲁迅的杂文，就是浩然的两部小说。那会儿，中外名著被视为“禁书”，学校的图书馆都被封着。久忠渴望看到更多的文学作品，他曾有过深夜到图书馆偷看《唐诗选》的经历。高中毕业后，他曾在大庄科乡中学代课，后来又到县水利局做农民工。大学毕业后，曾先后在永宁中学和延庆中学任教。1990年，调到八达岭特区。那时他风华正茂，和全国许多热衷文学创作的青年一样，激情高涨，把文学创作当成人生的最大追求，几乎所有时间都用来不停地写作。

他的作品，无论是对历史风物的深层感悟，或是对乡村自然景色的描摹，抑或对红色崇高的讴歌，都是他对现实生活的细致观察和认真思考，绝对没有矫揉造作、无病呻吟之感。透过作品让我们感受到他强烈的参与意识，昂奋的创作激情，或诗或文，或豪放凌厉，或婉约细腻，其风格的多样性、题材的广泛性和鲜明的时代性，都表现出一种思想性和艺术性的较为完美的结合，也尽显作者挥洒自如的艺术功底和日臻成熟的个性特征。而最终我认为，归根到底，一个作家或作者的名字应该建立在其创作的作品的基础之上，无论是文学天空上的恒星，还是一闪而过的流星，重要的是唯有用作品的质量说话。

久忠的诗歌作品选材主要是以下三个方面：

一是写乡村生活和自然。当女人捏起那枚夕阳/磕破在/西山的锅沿上/女人自己也被磕破了/流淌出　农家/琥珀色的黄昏。

蝉声如烟的正午/夏天/伏在狗的舌面上/喘息/赤红如思想。

二是写历史风物。大清的马蹄袖/在故宫的金砖上已快跑到/王朝的终点了/可慈禧还在权力朱红的蛋壳里/用签批剔除/塞进牙缝里的光绪。

三是写红色主题。就是在那盏油灯下/毛泽东为缠着绷带的抗日战争/开出了一剂《论持久战》的/千金方/在岁月暗淡的瞳孔深处/点起了一束星火。

诗歌最忌俗套。久忠的诗歌，每首都不长，做到惜墨如金，用高度凝练的语言，生动形象地表达其丰富的情感。在具体技巧上，用某种修辞手段和美学旨趣，把想象、联想、意象、暗喻和通感等这些艺术元素嫁接在一起，打造出张力十足的诗句，造成诗歌视觉艺术感的强烈冲击，从而呈现出一种诗性美学的空间和独特的品质，引发读者审美意义上的共鸣，具有相当值得期待的诗学意义。

久忠的散文，我感觉明显地受到了屠格涅夫《猎人笔记》和梭罗《瓦尔登湖》的影响。或许是由于小时候生活环境的原因，他将自己美好的寄托赋予美丽的大自然中，表现出一种非常饱满的热爱。在散文作品里，充分地展现了自然的美丽和如梦似幻的意境，有的着重抒写自然之景，如《草原梦想》《龙庆山水吟》；有的着重描绘自然之物，如“追寻灵动的风景”系列。让读者都能从中体味到清新与感动，以及流露出的浪漫主义情怀。

久忠的小说作品，总体上有明显的那个年代的年轻作者探索魔幻现实主义的痕迹，在叙事上打破线型的时间链，事件情节也被打乱，叙事视角发生变幻，时空交错混杂。在故事结构、人物塑造、场景渲染中也都体现了这种叙事美学的特征，如《英雄》《阳痿》等；还有就是久忠肯定看过废名的作品，这位20世纪30年代的北大文学教授，是最不应该被时间湮没的一位很有特色的作家，他的小说借鉴了古典诗词的简练、含蓄和留空白等经验，在小说文体上做了很大的实验。久忠的小说：《斧子》《跳井》《后遗症》等作品就有这方面的痕迹。其他就不在此赘述了。

久忠比我小两岁，人在生命的旅途上走到了这个阶段，似乎把世间的一切都已看明白了。这个时候，即便再有才，创作的激情也燃烧得差不多了。“天命无怨色，人生有素风。”在这个时候，久忠从以前的几本集子里把自己比较满意的作品选出，以文选的形式荟萃出版，也许是对自己创作的一个总结，也许是他焕发青春，准备继续创作的开始，无论如何对他来说都是个很好的节点。

以上是为跋。

刘一达

2021年6月8日

北京如一斋